“美丽的新疆我的家”系列丛书

天马归来

生活在昭苏草原上的人们

航月　加斯吾扎克·吐鲁汗江（哈萨克族）　著

中国财经出版传媒集团
中国财政经济出版社
北京

图书在版编目（CIP）数据

天马归来：生活在昭苏草原上的人们 / 航月，加斯吾扎克·吐鲁汗江著 . -- 北京：中国财政经济出版社，2024.4

（“美丽的新疆我的家”系列丛书）

ISBN 978-7-5223-2977-2

Ⅰ. ①天…　Ⅱ. ①航… ②加…　Ⅲ. ①纪实文学 – 中国 – 当代　Ⅳ. ① I25

中国国家版本馆 CIP 数据核字（2024）第 059281 号

责任编辑：潘　飞　　　　责任印制：史大鹏

策划编辑：潘　飞　刘桂瑶　　　　责任校对：徐艳丽

天马归来

生活在昭苏草原上的人们

TIANMA GUILAI

SHENGHUO ZAI ZHAOSU CAOYUANSHANG DE RENMEN

中国财政经济出版社 出版

URL：http：//www.cfeph.cn

E-mail：cfeph @cfemg.cn

社址：北京市海淀区阜成路甲 28 号　邮政编码：100142

营销中心电话：010-88191522

天猫网店：中国财政经济出版社旗舰店

网址：https：//zgczjjcbs.tmall.com

北京中兴印刷有限公司印刷　各地新华书店经销

成品尺寸：185mm × 260mm　16 开　13.5 印张　150 000 字

2024 年 4 月第 1 版　2024 年 4 月北京第 1 次印刷

定价：45.00 元

ISBN 978-7-5223-2977-2

（图书出现印装问题，本社负责调换，电话：010-88190548）

本社图书质量投诉电话：010-88190744

打击盗版举报热线：010-88191661　QQ：2242791300

天马徕兮从西极，
经万里兮归有德。
承灵威兮降外国，
涉流沙兮四夷服。

——汉武帝刘彻《西极天马歌》

"美丽的新疆我的家"系列丛书

总 序

雪山皑皑，绿洲点点；葡萄甜美，歌舞曼妙……在中华人民共和国的西北角，有一片占国土面积约六分之一的广阔疆域，这就是166万多平方公里的大美新疆！两千多年前，新疆就是中国版图不可分割的一部分；在21世纪的今天，两千多万各族人民在这里繁衍生息，"像石榴籽一样紧紧抱在一起"，扎实推进中国式现代化，创造享受如吐鲁番葡萄一样甜蜜美好的生活。

党的十八大以来，以习近平同志为核心的党中央高度重视新疆工作，从战略和全局高度审视、谋划、部署，深化对治疆规律的认识和把握，形成了新时代党的治疆方略，为新疆谋篇布局、把脉定向。习近平总书记多次深入新疆考察，就新疆工作多次发表重要讲话、作出重要指示，主持召开第二次、第三次中央新疆工作座谈会，从战略和全局的高度明确提出新时代党的治疆方略，为新疆发展擘画蓝图。

中华民族一家亲、同心共筑中国梦，在党中央的正确领导下，新疆的面貌日新月异，各个少数民族群众生活蒸蒸日上。新疆和新疆人民生活的变化，恰是新时代我国民族团结进步事业的生动写照，也是新时代民族工作创新推进的鲜明特征。“美丽的新疆我的家”系列丛书通过真实、生动、感人的个人书写，立体化反映新时代党的治疆方略和党对新疆工作的领导，以凝聚人心，铸牢中华民族共同体意识，弘扬和培育社会主义核心价值观，并为在新时代新征程上奋力建设团结和谐、繁荣富裕、文明进步、安居乐业、生态良好的美好新疆奉献健康、向上的精神动力和文化食粮。

巍巍天山、壮美昆仑，见证新疆历史巨变。“天山雪松根连根，各族人民心连心。”在以习近平同志为核心的党中央坚强领导下，新疆各族人民手足相亲、守望相助，勇于进取、埋头苦干，团结一心、砥砺奋进，满怀信心奔向更加美好的明天。从广袤的塔里木盆地到高耸的阿尔泰山，从雄壮的帕米尔高原到富饶的吐鲁番盆地，“美丽的新疆我的家”系列丛书里展示的新疆，焕发出勃勃生机，孕育着蓬勃的希望。

习近平同志强调，要加强正面宣传，展现新疆开放自信的新面貌新气象，要多层次、全方位、立体式开展涉疆对外宣传，多渠道、多形式讲好新时代新疆故事。习近平同志还强调，新疆自古以来就是多民族聚居地区，新疆各民族是中华民族血脉相连的家庭成员，因此，要以铸牢中华民族共同体意识为主线，不断巩固各民族大团结。具体来说，要将中华民族共同体意识教育纳入新疆干部教育、青少年教育、社会教育，教育引导各族干部群众树立正确的国家观、历史观、民族观、文化观、宗教观，让中华民族共同体意识根植心灵深处；要以增强认同为目标，深入开展“文化润疆”，要多角度全方位构建展现中华文化共同性、新疆同内地各民族交往交流交融历史事实的话语体系和有效载体，让中华文化通过实物实景实事得到充分展现、直抵人心，增进各族人民对伟大祖国、中华民族、中华文化、中国共产党、中国特色社会主义的认同。在此指引下，“美丽的新疆我的家”系列丛书着力书写新疆人民如何珍惜安定团结的大好局面，拧成一股绳，保持定力、脚踏实地，同心协力、踔厉奋发，在党的领导下为实现第二个百年奋斗目标继续奋斗；充分挖掘和有效运用新疆各民族交往的历史事实、考古实物、文化遗存，讲清楚新疆自古以来就是我国不可分割的一部分和多民族聚居地区，新疆各民族是中华民族大家庭血脉相连、命运与共的重要成员。总之，“美丽的新疆我的家”系列丛书以书为载体，绵绵用力、久久为功，引导人们正确认识新疆历史特别是民族发展史，树牢中华民族历史观，铸牢中国心、中华魂，推动新疆各族群众逐步实现在空间、文化、经济、社会、心理等方面的全方位嵌入，充分激发各族群众热爱中国共产党、热爱社会主义中国、热爱中华民族的美好情感。

“美丽的新疆我的家”系列丛书的最大特色在于根植于新疆本土、体现新疆特色，各书作者均为出生于或生活于新疆大地上的各个民族的新疆人，他们了解新疆、热爱新疆、赞美新疆，他们以无比自豪的情感，向全世界宣告：“美丽的新疆，这是我的家！”他们用散文、诗歌、摄影等一切可能的手段，生动体现新疆社会稳定、人民安居乐业，特别是各族群众手足相亲、守望相助的大好局面。

2019年，习近平总书记在全国民族团结进步表彰大会上的讲话中指出，我们辽阔的疆域是各民族共同开拓的，我们悠久的历史是各民族共同书写的，我们灿烂的文化是各民族共同创造的，我们伟大的精神是各民族共同培育的。“美丽的新疆我的家”系列丛书以文化润人、团结聚心，充分发挥文化浸润功能，让新疆大地上的真人真事、实物实景得到充分展现、直抵人心，通过一部部精品之作，以习近平新时代中国特色社会主义思想凝心铸魂，完整、准确、全面贯彻新时代党的治疆方略，最大限度地把新疆的真实面貌展现在全世界面前，激励更多的新疆各族儿女凝心聚力、踔厉奋发，在新时代新征程上不断谱写建设美好新疆的新篇章。

目录

开篇

从家乡到故乡

壹

四季毡房远离的故乡

贰
从毡房到楼房，再到“毡房”

后记一

后记二

开篇

从家乡到故乡

唉，娃娃，快告诉我，这一别究竟有多长

哟，这一别有多长

无尽的行程是多么凄凉

眼里的泪水仿佛要翻山越岭流回他身旁

——哈萨克族民歌《故乡》

一

从二十五岁离开家乡到现在已经二十五年，两个二十五年过去，我曾经的家乡还在五十岁的记忆里醒着，儿时的一切都在那里，一点都不曾改变。甚至提起家乡的名字，就会闻到一种奶茶的味道、羊肉的味道。你内心的家乡，她跟着你几十年，陪伴着你在城市里的所有颠簸和流动。当我成了城市里的“失乡客”后，她也在我所居住的城市，成了我身后的故乡。

在新疆昭苏的一排哈萨克族的农家乐平房，从平房外面看不出有什么特色，都是新疆北方农村典型的农民房子。踏进平房里面发现才是真正的草原上的毡房，脱了鞋，盘腿坐在哈萨克族的花毯上，眼前是原生态草原上的手抓肉，浓浓的草原上的羊肉味道从嗅觉里已经灌到了整个肠胃。耳边听到的是用纯粹的哈萨克语原汁原味唱出来的叫《故乡》的民歌。伴着歌声弹奏出来的是哈萨克族的灵魂乐器冬不拉的音乐，边唱边弹《故乡》的人是昭苏县委常委、宣传部部长卓力德拜。

这一天是2016年6月17日，昭苏还没有正式进入夏天。晚上，外面小雨淋淋，寒意飘过。《故乡》低沉、忧伤、怀念、远离、别离、倾诉的调子和着冬不拉清爽、清脆、悠远、深沉、激烈、低语、诉说的乐音穿过我们所有人的内心。那一刻，我们不约而同地伸出双手，用掌声响亮地一遍又一遍地为弹奏演唱《故乡》的人伴和，外加发自肺腑的、从我们灵魂深处发出的赞美声：“太好听了。”说出话的时候，我们的眼里都有想奔涌的泪水、想表达的情感、想唱歌的冲动。

唱完歌，卓力德拜做了个祷告（这是哈萨克族宰杀羊前的礼节），然后他用小刀在大块的骨头上快速地削割着煮熟的鲜嫩羊肉。削完后，他又一块块地放在我们每个人的碗里。这个细节省略了哈萨克族人最原始的礼节(把羊尾巴油和羊肉直接送进客人的嘴巴里)。

每片刀削的羊肉都是一种雕刻的痕迹，每片羊肉都在眼前告诉你什么是故乡的情怀和记忆。即使这样的现场远离了很久很久，它都叫故乡。

这个晚上，在《故乡》的回味中，在座的我们，都是把家乡变成故乡的人。

从江苏挂职到昭苏的宣传部副部长张熳，她从出生地哈密工作调动到江苏，又从江苏挂职到昭苏，她离开哈密的时间就是她把家乡变成故乡的时间。青年油画家张仁艳，她十多岁就从贵州黔南三都水族自治县的小村子大河到贵阳、都匀，她的家人在她离开的二十多年时间里还坚守在她小时候的大河村。她虽然生活在距离家乡很近的城市都匀，却很少回到家乡。她会在城市寂静的晚上铺开油画布，拿起画笔画她心中的水寨，她画里的水寨在雨雾里、在斑驳的泥石冲刷的痕迹里。那是她远逝的家乡，一直在她的记忆里。

坐在我右边的是深圳一家文化公司的副总裁李鹏远，他从出生地河北到长大的地方东北，再到南方、国外，最后回到深圳。他一直在漂泊的路上跟家乡、故乡一天天远离，他说他是一个没有家乡没有故乡的人，他需要一些时间去慢慢地找回他曾经的家乡和现在的故乡。他在说他是一个没有故乡的人的时候，他的表情瞬间被过往中的行程叫停，他微笑着的面孔也会陡然间阴沉，笑容像流星一样滑落。

卓力德拜是我们当中距离家乡最近的人，他的家乡叫喀夏加尔，在那里，有阿合亚孜河、阿合亚孜牧场、阿合亚孜山沟。家乡距离他工作的昭苏县城半个多小时，他离开家乡已经二十多年。在这么短的离家路上，他想念家乡的方式是在哥哥的牧场留了一匹马、几只羊。他有时间的时候就会去牧场骑骑马，跟马说说内心的思念。每年冬天哥哥会帮他宰一只羊，并带着刚宰杀的新鲜的羊肉送到城里他的家。

哥哥宰羊前也会对羊祷告：“你死不为罪过，我生不为挨饿。”

羊听到祷告的声音后，一定知道谁是它的牧人。

这么多年，生活已经把原来年轻的牧民卓力德拜改变成真正的城里人。还好他的家乡很近，还不叫故乡。卓力德拜的父母都进了城，他就把那匹留在哥哥牧场的马当作回家的路，当作心中的家乡。

二

我要了一些盐巴撒在羊脑子上，这是我小时候吃羊脑子的习惯。听到我要盐巴，卓力德拜喜悦地说："只有哈萨克族人才知道在吃羊脑子时撒上盐巴，除了哈萨克族人，知道在羊脑子上撒盐巴的只有长期在牧区生活的人。"

我在羊脑子上撒盐巴的瞬间回到了我的草原和故乡，那个叫巴里坤哈萨克自治县的草原。就在撒盐巴的一刹那，我曾经的草原，和眼前的昭苏草原合二为一。

我的父母是江苏人，我出生在巴里坤。我一直把出生地巴里坤当作我的家乡，那是因为父母的家乡从他们十八岁离开江苏支援新疆建设的那天开始就已经分离，父母的家乡对我来说是祖籍和他们的出生地。我的出生地巴里坤草原在成为我的家乡后，在把一个有南方基因的女孩变成真正的草原女子后，我把草原上的马、牛、羊、套马杆、奶茶、马奶子、毡房都留在了家乡，只带着跟草原没有关系的笔走向陌生的城市，这一走再也没有回去，而且越走越远，走到距离草原最遥远的中国南方的海边，最终把心里的家乡变成了路上的故乡。

端着小碗羊脑子的是五十岁的我，是在另一片昭苏草原上的花毯上手抓大块肉的我，是闻到羊肉味就想起故乡的我。当我最初以轻松、敏捷的盘腿姿势坐在花毯上时，我才突然意识到，离开我的出生地巴里坤草原整整二十五年了。二十五年前草原上的哈萨克族牧民都从遥远的山区牧场搬到了县城，他们把游牧生活里的转场片段都搬进了城里。我已经忘了自己的汉族身份，忘了跟草原上的哈萨克族牧民一起生活的二十五年时光。

如今，所有的一切都在眼前，二十五年前的生活不用弹指，立竿见影。

擀毡舞、挤奶舞、剪羊毛舞……我在卓力德拜弹奏的《劳动曲》里随着音乐节奏翩翩起舞，抖抖肩、伸开胳膊、张开双手，整个草原就在脚下。

是呀，套马杆是远去了，而冬不拉一直响着。

那就是草原。

三

熟悉的故乡消失在远方

挥别的双手仿佛要化成山峰留在他身旁

……

唉，娃娃，快告诉我，这一别究竟有多长

哟，这一别有多长

——哈萨克族民歌《故乡》

听过无数次哈萨克族民歌《故乡》，唯有这次，卓力德拜用冬不拉弹奏演唱的《故乡》，让我懂得了那忧伤里不需要翻译成汉语的哈萨克语歌词。这个时候，我已经远离祖籍江苏五十年，远离家乡巴里坤二十五年，刚刚到达新疆大地上的另一片草原昭苏。从一片草原到另一片草原，从乡村到城市，从家乡到故乡，比起哈萨克族人的迁徙路径，我远离的时间也许短了又短，而别离的路似乎都相同。

“唉，娃娃，快告诉我，这一别究竟有多长。”

“哟，这一别有多长。”

在几百年的游牧迁徙路上，只有哈萨克族把故乡一直带在迁徙的路途。

他们从世界而来，用双腿行走于脚下的草原。无论多远的路途，他们始终把故乡带在身边、放在心里。

我在A4纸上庄重地写下中文的“哈萨克”三个字，深怕写错一个字。

在昭苏哈萨克族人的毡房里，我才认真地挖掘关于哈萨克族这个民族的来历，故事里有许多版本，而我最倾向于这个版本的传说。因为在我小的时候，我看到的哈萨克族少女们帽子上的羽毛一直停留在我的记忆里，那束羽毛长成了蓝天里飞翔的那只白天鹅。

在遥远的古代，有一位名叫卡勒恰哈德尔的年轻民族部落首领，他雄姿英发、勇敢善战，常年率军队远征，战功卓著，深受人们的拥护和爱戴。后来，在一次战争中失利，部众四散。卡勒恰哈德尔身负重伤，单独一人在荒无人烟的戈壁上行走。当时正是炎热的夏季，烈日当空，戈壁滩上犹如火炉一般，沉重的伤势，再加上极度的疲乏和饥渴，让他倒在戈壁滩上，生命垂危。突然，天空裂开一个空隙，飞下一只白色雌鹅。她给卡勒恰哈德尔滴了几滴口涎，然后把他带到蓝色的海边。卡勒恰哈德尔喝了水，精力渐渐恢复，伤病也慢慢好了。就在他要离开白天鹅时，他面前出现了一位漂亮的姑娘。

卡勒恰哈德尔跟白天鹅变的漂亮姑娘结了婚，他们生了一个男孩，取名“哈萨克”，意思是白天鹅。

哈萨克族崇敬的白天鹅在我遥远的童年记忆中飞翔，也在我开始重新寻找的路上一直飞翔着，它飞翔的姿势就是我对故乡最真实的寻觅。

那么多年过去了，即使我们漂泊在城外的天空，故意遗忘那条“脐带之路”，远离的故乡一直在我的心中，她从未离开过。

燕子啊，
听我唱个我心爱的燕子歌，
亲爱的听我对你说一说燕子。
燕子啊，
你的性情愉快亲切又活泼，
你的微笑好像星星在闪烁。
啊……眉毛弯弯眼睛亮，
脖子匀匀头发长，
是我的姑娘燕子啊……
燕子啊，
不要忘了你的诺言变了心，
我是你的你是我的燕子啊

——哈萨克族民歌《燕子》

壹

四季毡房远离的故乡

哈　山

当萨尔阔布乡乡党委委员赛里克别克带着加苏扎克老师和我们走进驯鹰名人哈山老人家时，他正在给他的金雕喂食。

我们是慕名而来，也是碰运气看看驯鹰名人哈山是否在家。没有想到，我们眼前见到的，是哈山老人喂食金雕的场面。不用组织的现场，一切都像原始状态，人和金雕在他们该出现的时间准时呈现，就像在平时的时间一样，该做什么就做什么。就像我们是一个外来的行者，在每一段旅行中，停下来，驻足观望，我们眼里的世界都像我们预期的那样真实再现，没有虚构。

哈山老人家的院子四周是青山绿野，门口拴着备好鞍具的骑马，随时准备着出发。

六月的季节还不是哈山在野外驯鹰的季节，他的雄鹰只好待在家里，哈山每天精心养护着它。

金雕用尖利的爪子坚守在哈山老人的右胳膊上，看见陌生的我们突然到访，很愤怒地在哈山的胳膊上左右腾移。那种表情就像一个青春期的男孩，猛然看到他不想见到的陌生人，在内心跟自己的情绪抵抗。

草原上的金雕，在哈萨克族人嘴里都叫雄鹰或鹰。

哈山老人和他的鹰

哈山的右手戴着一个到胳膊肘的长牛皮套，里面是厚厚的羊毛毡。这个特制皮套是专门让鹰抓敷飞落的。

鹰的爪子尖利像刀，哈山为此做了所有的防护措施，他跟鹰亲密相处多年，他的右手虎口处被鹰的尖利爪子直接穿刺过几次。

他伸开手，伤痕还在虎口处清晰可见。

牛皮套是哈山自己手工做的，鹰的牛皮眼罩也是哈山手工做的。哈山这辈子做的手工活，除了给他深爱的雄鹰，还有给家人做的喝奶茶的木碗。

哈山训练的鹰都是有牌照的，是通过林业部门和公安局发证后领回来的。

哈萨克民族驯鹰的传统据说有四千年的历史，萨尔阔布乡有近一万多人口，但会驯鹰的人家，只有两户。

在哈萨克族人眼里，驯鹰的人都格外受尊重。因为金雕是猛禽，能驯服猛禽的人，都是很尊贵的人。

驯鹰也是哈萨克族的非遗项目，传到哈山这里，已经是第二代了。

1976年，哈山的爸爸去世，哈山就把爸爸养的鹰接过来训练，这一接，就是四十多年。

哈山老人外出驯鹰的时间一般在每年的八月中旬以后，在四十年的时间里，他的鹰换了五只，每只鹰养八年就老了，训练八年后，鹰会被放回山林。再重新开始训练新的鹰。

驯鹰人都知道，鹰老了后不能留在家里，必须让它飞回它的原处，放归自然。

一只有感情的鹰离开哈山后，他都会伤心很久。对每一只放飞的鹰，哈山都会跟着它盘旋飞走的路线凝视很久、遥望很久。在鹰放飞的日子里，他会有很长时间不跟任何人说话，一个人守在拴鹰的桩前，像失去家人一样的感觉。家里的五个儿子每次都轮流着去看父亲，虽然都不说话，他们通过无声的陪伴让父亲知道，他们都在父亲身边，他们的心情跟父亲一样。等到新的鹰来了，哈山再跟另一只鹰从头开始培养感情。

2014年冬天，中央电视台《远方的家》栏目组来拍过哈山老人，所以现在哈山是远近闻名的驯鹰名人。韩国、美国、英国等国的媒体记者慕名而来采访过哈山老人。

哈山老人在村里当过近四十年的党支部书记，直到六十多岁才退休。

哈山老人有五个儿子、一个女儿。小儿子叫阿依丁，阿依丁的女儿阿合叶尔克已经上初一了，她十三岁就会骑马，每天放学后，都会跟着爷爷去牧场骑马。

孙女总是说：“我要骑爷爷的马去，我要看看爷爷的鹰。”

哈山老人用哈语跟赛里克别克和加老师说话，四十多年前他第一次带着鹰外出捕猎，捕到了一只狐狸。他用狐狸皮做了一顶帽子。

我跟哈山的小儿子阿依丁用汉语说话，减少了交流中的不便。

阿依丁四岁的时候就记得父亲在驯鹰，父亲继承爷爷的爱好，后来驯鹰成了哈萨克族的非遗项目，已经申请伊犁州非遗项目。

阿依丁跟我说，父亲对鹰就像对家里的亲人一样。他出门办事，回家开门的第一件事就是看他的鹰，他一天见不到鹰心里都不踏实，坐不住。鹰也同样，喂食的时候，鹰看到父亲走到身边会开心地叫唤，像孩子见到父母一样。阿依丁从四岁到三十四岁，他看着父亲把鹰当作一辈子的热爱。

阿依丁有四个哥哥，大哥、二哥、三哥都种地，四哥是牧民。他姐姐的家也在昭苏，而他自己先在伊宁上卫校，又读了新疆医科大学的函授，现在昭苏喀拉苏乡卫生院工作。

哈山的妻子哈拉木汗坐在哈山斜对面的边角，手里拿着一根牙签，一直在那里坐着，没有开口说过一句话。

我看着她笑笑，她也向我笑笑。

她头上因为有头巾包着，只能看到她的额头前露出来的一些白头发。她脸上的皮肤和手上的皮肤一样粗糙，一看就知道是经历过草原上的所有风沙雨雪后把天地间的裂痕都附着在了她的皮肤上。

哈山的大儿子坐在母亲旁边，他不说话，只用耳朵听。他的大孙子很喜欢马，是个骑马高手。大孙子六岁左右就跟爷爷去萨尔阔布草原和阿合亚孜草原驯鹰。冬天穿着羊皮大衣、马靴子，戴着羊皮手套骑马出门。一般出门骑马往返需要六到八个小时。

哈山的小儿媳妇一直忙着给我们盛马奶子，在地毯上摆包尔萨克、馕。她忙碌着，也不开口说一句话。

阿依丁继续跟我们说他父亲和鹰的事。

鹰的胃口很大，每天需要吃一公斤肉。四十年前，他们家生活困难，每天给鹰一公斤肉是一件很难的事。家里人就把自己吃的肉省下来，给鹰吃。他们宁可自己没有肉吃，但是得给鹰吃肉。现在也一样，家里没有肉了，父亲每天上街买来新鲜肉，首先给鹰准备。鹰吃的肉必须是新鲜的，也不能有一点盐，鹰吃了带盐的肉就会死掉。喂鹰的

哈山父母的全家福

工作也不是一种简单的活，鹰不会咀嚼，但是还要像食肉动物一样吃肉，怎么吃？喂食鹰，必须有一个特殊的工具，这个工具就是一个特别的管子，它要插到鹰尖利的嘴里，深深地抵达胃里，通过管子把切碎的新鲜肉灌下去。驯鹰前，鹰需要营养护理，等它的精神状态、身体素质达到要求后才能驯鹰。

对待它要像对待小孩一样，宠着它、爱着它、哄着它。

哈山老人除了驯鹰，他还是骑马高手，他家的土马，已经老到二十五岁了，哈山老人骑着这匹土马拿过民间赛马的十八项奖。他六十岁时还骑着这匹马参加民间的“马上叼羊”比赛。

现在，哈山老人骑的这匹老马本来可以卖掉，也可以宰了吃肉。但是哈山和家里人都舍不得用卖和宰两种方法决定老马的未来。

老马被哈山放归草原，他和家人经常去草原上看看它、抚摸它，让老马知道，它曾经为此服务的这个家的人都没有忘记它的功劳，也舍不得用烹煮的方式给它送行。它可以活到吃不动草了、站立不起来了、走不动路的时候，也能在草原上活到生命的最后一息。

这是哈山一家人对老马的感情。

哈萨克族人再穷，也要有一匹骏马、一只雄鹰。

阿依丁在跟我们讲述父亲驯鹰的经历时，哈山从墙角的那头看着对面的妻子，妻子的腰已经无法直起，连走路坐下时都弓着腰。

哈山的眼神穿过短暂的距离，投射到我们和离他几米远的妻子的身上。他穿过的眼神里，是驯鹰的四十多年，以及他的妻子从年轻、美丽到衰老的时光。他的妻子在四十多年里，每天早早起床烧好奶茶、打好馕，把奶茶端到跟前，看着他吃完饭，送他去工作。然后妻子帮哈山的马准备草料，挤牛奶让马喝。牛奶是给马增加营养最好的东西。她做地毯，擀羊毛毡，为丈夫、五个儿子、一个女儿付出了哈萨克族女人的一生。

我们吃的馕、包尔萨克、甜乳饼都是哈山妻子当天亲手做出来的。我们端起的喝奶茶的木制小碗里有哈山老人的手工艺，每个木碗款式不同，颜色也不同。木碗是哈山精心为妻子和儿女们做的，他知道，为了驯鹰，全家几代人付出了所有。

出门时，跟哈山一家合影留念，我搀扶着哈山妻子下门口的台阶，她弓着腰慢慢地下地。她脚穿的一双鞋是老款式的哈萨克族的牛皮鞋，鞋口很宽。那双鞋我曾经在小时候的草原上看到过无数次，它们穿在哈萨克族女人的脚上，从冬牧场到夏牧场，一年四季轮回，她们的鞋从来不换。而她们的青春，却在岁月的无数次转场里慢慢消失。她们从游牧归来的路，都藏在这双鞋子里，历经年月，无法忘记。

从土坯房子里的毡房，到门口的草原，不足百米，那是哈山老人四代人回家的路。进家门的这条路，有四代人的脚印，每天在重复又重复。因为家门里面，是他们永久的毡房，那毡房里的马奶子、酥油、牛奶、馕饼子、羊毛毡的味道都混合在一起，渗透在他们的身体里，他们身上有的那种味道，更是混合了日月精华草原牧场的味道。

哈山老人戴了牛皮手套，把鹰放在他的手套上。鹰一直在大声地叫喊。

哈山的小儿子阿依丁说：“你看鹰闹情绪了，它看到太多陌生人，像小孩子一样不顺气了。”

鹰在向我们示威呢！

哈山给鹰戴上头套，鹰才安静下来不叫了。哈山的牛皮手套上布满了鹰尖利爪子抓出的一个个小洞。哈山坐在凳子上，他的右手上站着他的雄鹰，他的身后是他的家人和我们一行人。在我们身后是绿色的草原和群山，群山之巅的上空是蓝天白云。

阳光下，哈山在门口备着马鞍子随时准备出门远行，四周是绿色的山脉，清脆的绿一直铺满到田边。

从家门口开始的路一直延伸到田里，再到四季的草原。哈山从家门口的这条路骑着他的马可以到达驯鹰的地方，在那里，他和鹰就成了另一种息息相关的组合体，他掌控着鹰的飞翔，鹰承载着他的热爱，那是两代人用几十年甚至上百年跟鹰陪伴在一起的生命时光。

诗人卡哈甫

满墙的牛粪饼把整个土墙贴成了一圈又一圈的“牛粪地图”，干了后湿牛粪的痕迹仍然牢固地粘在土墙上。

我曾恍惚地把这个叫喀夏加尔阿合亚孜的草原，当作我五十年前的出生地巴里坤草原。

那么相似的场景，那么相似的草原，连贴牛粪的痕迹都跟那时一样。

因为这份亲近，我从一开始就把这里的人和物都当成我曾经的过往。我在昭苏，仅仅回到了曾经的草原。

我是先去诗人卡哈甫的家，他不在家。我就在喀夏加尔的哈萨克族展览馆门口等他。

诗人卡哈甫从另一个乡办事回来，他戴着发白的蓝色帽子，蓝色部分已经看不到颜色，太阳过度晒白的白色在他的头顶格外显眼。

他脸上的微笑被黝黑的肤色和深厚的皱纹镶嵌着，微笑、黑肤色和皱纹极度地统一于一个人的脸上，特征鲜明。

他是我见过的唯一在脸上就把生命刻度展现出来的哈萨克族阿肯。

从游牧到定居，从毡房到平房，他一家三代在喀夏加尔阿合亚孜生活了二十多年了。二十多年的牧民定居生活，让他们的毡房变成了永久的土房子，土房子里挂满了毡房里所有的挂件，一件都没有少，一种味道都没有丢失。

喀夏加尔是昭苏县的一个镇，因为它距离县城近，好多牧民都在城里有了工作。半个多小时的路程进城，几十年了也没有改变草原的原貌。

草原没有变，卡哈甫也没有变。

六十岁刚过的卡哈甫，从八岁开始唱诗，自己写诗，写了五十多年了。他还每天弹奏着冬不拉，空闲时间再免费教一些很有灵气的哈萨克族少年学冬不拉。

卡哈甫家里铺有四块花地毯，五排花色被子整齐地排在地毯后面的墙上，墙的右边也是挂毯，小抱枕布满家里的墙角四周。

挂挂毯在哈萨克族人家是有讲究的，所有的家庭，不管你是毡房、土坯房子、砖房，还是楼房，挂毯都是挂在进家门的右墙上。

在卡哈甫家的花地毯上，摆放着各种面食。他取下墙上的冬不拉，他的小学员昂萨尔坐旁边，他给我讲述的故事是从赛里木湖开始的。

卡哈甫十岁的时候，著名哈萨克族民间文学家苏里坦创作了赛里木湖的音乐唱诗。

唱诗说的是七十多岁的一个老牧主看上了给他家放牧的牧工的漂亮女儿，牧主想娶这个牧工的女儿做第七个妻子。当时女孩和另一个牧工家的男孩已经私下互相喜欢，知道牧主要娶自己做第七任老婆的事，女孩找到男孩，告诉他："你娶我吧，要是你不愿意娶我，我就自己去死。"男孩说："我一定娶你。"两人约好在一个水草茂盛的地方见面。女孩逃走后，牧主打死了她的爸爸、妈妈。过了一段时间，女孩

诗人卡哈甫和徒弟昂萨尔

和男孩骑着马回到家里，知道爸爸、妈妈已经被牧主打死，他们跳进湖里，变成了赛里木湖的一部分。

1965年，苏里坦在昭苏的喀夏加尔唱赛里木湖的唱诗，那时的卡哈甫刚刚十岁，他听了一遍就记住了唱词。回到家他自己弹着冬不拉一遍又一遍地练习，他把苏里坦的赛里木湖记在了心里。

1981年，苏里坦再次来到喀夏加尔，听到卡哈甫唱的赛里木湖唱诗，激动地抱着卡哈甫哭了。

诗人卡哈甫已经收过六个徒弟，最大的十七岁，最小的就是坐在他旁边的昂萨尔。对他教过的所有徒弟，他从不要一分钱的学费。

从游牧到定居，老诗人家分了五十亩地，现在有十只羊、三头牛、两匹马。他有三个儿子、三个女儿，都结婚了。他和妻子跟最小的儿子一家一起生活。

昂萨尔十岁，上小学三年级，七岁时他无意间听到诗人卡哈甫爷爷弹冬不拉演唱的声音，他觉得那音乐和爷爷的声音太好听了，他就成了爷爷收的最小的徒弟。

昂萨尔坐在爷爷身边，把进门时拿在手上的白毡帽戴在头上，身着一身标准的哈萨克族过节的礼服。他熟练地从黑色的套子里取出冬不拉，弹唱了《赛里木湖的故事》《狼和牧羊犬》《吉荣：一个人的故事》。他弹唱的时候，爷爷坐在花毯上认真地听着。

弹唱完，我问昂萨尔："爷爷怎么夸你？"

他甜甜地一笑："爷爷说，继续努力。"

我问老诗人："徒弟弹唱得怎样？"

老诗人笑着回答："贾克斯。"

卡哈甫翻开他的大本子，上面是他手写的诗。我看不懂一句哈语，却能从卡哈甫的朗诵里听到草原上的水流声。

哈语的调子类似马匹缓慢行走的声音。

我问昂萨尔，爷爷读的诗叫什么名字，他说叫《阿訇和牧师》《我的精神财富》。

哈萨克族人家里的挂毯、地毯、抱枕、服饰上的图案都是角花，就是羊角、牛角的图案样子。挂毯上面的花是草花，大自然里、草原上的各种花，每块挂毯上面的图案都是草原上的一种花。挂毯上花的叶子像树枝的叶子，也像松树叶子。

昂萨尔把两只手做成羊角状，放在戴着白毡帽的头顶两边，给我做造型说，羊角就是这种样子。他小手弯曲的样子就像两只羊角长在头顶。

我哈哈大笑，快乐从红色彩钢屋顶飞到对面的群山里，飞到了阿合亚孜河。

诗人卡哈甫一边读诗一边抬头看看徒弟昂萨尔，他不戴近视镜，也不戴老花镜。他的徒弟戴着白毡帽笑着听爷爷读诗，他上课时就是这样一边听爷爷读，然后一边弹唱。

昂萨尔学冬不拉是从多、然、米、发、索、拉、西开始的。两根弦的冬不拉弹出的音符跟吉他、钢琴、手风琴一样。昂萨尔拨弄着两根弦，好听的冬不拉的多、然、米、发、索、拉、西就顺着倒着来去反复地响着。

昂萨尔说，他弹唱的所有曲谱、唱诗得先背诵记忆下来，再反复地练习。他说，他到十七八岁时就可以学到爷爷弹唱的两百多首唱诗了。

十岁的昂萨尔聪明机灵的样子让诗人卡哈甫很喜爱。那种喜爱是爷爷对孙子专有的喜爱。

诗人卡哈甫的孙女阿亚拉也坐在爷爷身旁，要弹唱。她从爷爷手里接过冬不拉，摆好姿势，她弹奏的是《劳动曲》。奶奶和妈妈在她弹奏曲子时，把一个很大的馕切成片，我的眼前一刹那间，放满了切片的馕、装了马奶子的瓷碗、酥油、奶酪。

阿亚拉的妈妈，卡哈甫的小儿媳还拿着手机偷空拍了几张照片。

另一个房间里，卡哈甫的小孙子躺在花毯上，在上面打滚玩耍。这个房间里的弹奏声、唱诗声根本没有影响到他。房门敞开，小孙子开心地滚来滚去。那个花毯成了他的草场，没有人害怕这个小孙子会被小偷窃走。

东面的阿合亚孜河和南面的天山山脉，在卡哈甫家的门前展开了一幅油画。阳光正好，天是蓝的，河水是白色的玉带，草是绿的，房顶是红色的彩钢瓦。甚至土房子的墙皮是斑驳的黄泥巴，仍然不影响这幅“油画”的质地，在原始的、原生态的画布上，大自然就是最纯粹的颜料。

门前有打馕的馕坑，小牛栓在围栏边吃草边叫。院门前的园子里的青菜已经长成一片绿色，青嫩的叶片遮盖着泥土。

草垛在后门，那里是擀毡的房子。木条捶打羊毛的声音从草垛后面一声声地传过来。

门口是湿牛粪铺满的路，一直到达擀毡房的台阶。我踩着这些湿牛粪，带着这些湿牛粪的味道走进门里。

卡哈甫的妻子和女儿正在那里用一根长木条一遍又一遍地举起它，

诗人卡哈甫家

再下落捶打，捶落的声音像敲鼓的声音一样，只是那木条敲打的是地下的褐黄色羊毛。那羊毛慢慢变成松软的羽毛，很快要飞起来了。

小儿媳妇在旁边用传统的织毯机编织花地毯。

小儿子认真地坐在凳子上用各种铁工具修理手工马鞍子，他看到陌生人的我，抬头笑笑，继续干他手里的活。

昂萨尔还背着冬不拉，穿着传统的哈萨克族节日里的礼服，戴着漂亮的白毡帽，他迅速地捶打的动作竟然让我没有发现他是从哪里找到的那根木条。他蹲在那里，熟练地和奶奶、姑姑跟着节奏敲打着羊毛。

那是晚上七点钟的擀毡房，夕阳把最后的射线温柔地照在这间房子里，让捶打的人们看见光亮。

这个擀毡房里的场景，在我的记忆里已经过去几十年了，那是小时候我每天看到的现场。

我生活的巴里坤草原上的牧民，每天晚上放牧回来都会像这样用剪回来的羊毛擀毡，做挂毯、地毯，还有毡房的毛毡。小时候的牧民，把他们的敲打声都留在了草原，还留在了大河里。

一旦记忆复苏，老诗人卡哈甫家的擀毡房就唤起了我过去草原的回忆。

临走时，正在捶打羊毛的卡哈甫的女儿只用一句哈语，就马上把干活的家人召集起来跟我们合影。家里的小孩子们欢呼雀跃。

在卡哈甫家的后门，干牛粪排成堆的草垛旁，我们合影留念。

背靠天山山脉，东望阿合亚孜河，绿色铺满了油菜花的黄。卡哈甫站在中间，他的个头是最高的，脸也是最黑的。他把二十年前游牧搬迁的历史都在脸上刻上了标记，那是一个牧人关于游牧和转场的记忆和符号，深刻地永久地定格在他定居后的生活里。

红色彩钢瓦的定居房隔阻不了他和他的祖辈们的游牧之路，也抹不掉他内心里的马群、羊群，还有他的冬不拉。

出门时，卡哈甫看到我盯着酸奶疙瘩目不转睛，就抓了几块酸奶疙瘩放在我的手里。他迅速的动作就像给他好久不上门的孩子小礼物一样。

我手里拿着他们刚做的新鲜的酸奶疙瘩，老诗人带着全家站成整齐的一排跟我们招手再见。他们身后是绿色的山体，还有绿色的草场，那是阿合亚孜草原。

风吹过，牛粪的味道裹着青草的味道从东面吹过来，这个味道也是诗人家擀毡房的气味，这个气味混合了他们祖祖辈辈的气味，不管毡房安放在哪里，这个气味就是家的气味，永远飘在草原。

山羊舞和白毡帽

艾山老师坐在那里弹唱山羊舞曲时，妻子库力恰依坐在炕毯的另一角做她的白毡帽，一个家庭里竟然有两个哈萨克族的非遗项目。艾山弹艾山的，库力恰依做库力恰依的，一个动，一个静，动、静在一个房间里呈现，互不影响。艾山弹完山羊舞曲了，库力恰依也做好了白毡帽，然后她去烧奶茶、切馕，开始午餐。

白毡帽传到库力恰依这里是第四代，她的儿媳是第五代传承人。山羊舞在艾山老师这里是第四代传承了。

山羊舞第一代、第二代、第三代传承人的照片挂在墙的正中，那是艾山的曾祖父、爷爷、爸爸。

去艾山老师家的时候，他和妻子已经封斋十三天。

封斋节过后是古尔邦节。

六十二岁的艾山老师的家在萨尔阔布乡苏吾克托海村，他家门前就是山，山边是绿色的麦田；家的后面也是山，山边是绿色的草原。

一个家庭里有两个非遗项目，我还是选择了让艾山老师先表演。因为艾山老师从来没有接受过媒体采访，外来的人对他的山羊舞感兴趣，他自己也很开心配合。山羊舞的哈语是吾尔台开，道具是用最好的木料做成野公山羊的形状，固定在一个底座上，把弦的一头连在山

艾山弹山羊舞

羊的四肢脚上，另一头弦缠在弹奏人的中指上。当艾山老师弹唱冬不拉时，山羊就在底座上跟着节奏跳舞。艾山老师的右手要掌管两个音乐节奏，一个是冬不拉的，另一个是山羊的。山羊的舞蹈展现的是山羊爬山过洼、能跑能飞的动作，它能跑多高的山，山羊舞就能跳成什么样，弹冬不拉的人让山羊跳舞的节奏也是什么样。艾山老师冬不拉弹唱的《劳动曲》的舞蹈都是干活的动作，有打毛毡的，做毡子的，骑马的，挤牛奶、马奶、羊奶的动作。

他在那里弹唱，小孙子在他旁边看着爷爷，眼前的山羊就在他的手中仅凭借一根线舞蹈着。

如果不是非遗传承绝活，谁能让这一根线拉着的山羊舞蹈起来呢?

我接过艾山老师手里的冬不拉和那根连着山羊的线，怎么拉，那根线都不会让山羊跳起来。我穷尽手段，山羊倒在它的底座上起不来了。

艾山老师看着我，笑得很耐人寻味。

给我们做翻译的民间专家加苏扎克老师，在库力恰依做白毡帽的位置坐好姿势，头戴白毡帽，用他不标准的汉语说:“现在开始讲解白毡帽的白毡程序。”

我在笑声里用尽脑力，把加老师半汉语半哈萨克语的词语翻译出来。

白毡帽的做法是：准备最合适的羊毛，将有杂质的羊毛用手摘除。用芨芨草编成凉席子做底。把拣好的没有杂质的羊毛洗干净。找上好的白石头烧两小时后冷却磨成灰。把干净羊毛用开水一遍又一遍烫好，

艾山妻子做手工非遗白毡帽

再把烫好的羊毛铺在用芨芨草编成的凉席上卷起来擀成毡片。把磨好的白石灰均匀地撒在毡片上反复擀，让石灰白粉渗透到羊毛毡片上。

加苏扎克老师让库力恰依制作白毡帽后，才开始给我们现场介绍白毡帽的制作工序。

他说，白毡帽有四片，也有五片、六片。库力恰依做的都是四片的白毡帽，白色的毡代表高高的雪山，四片白毡分别代表东、南、西、北四个方向。

你一定不知道白毡帽上横着的黑色线条粘合着的粗线条和边上的水流线所代表的寓意。

四片白毡粘合的四处缝隙是用黑色的线缝制的粗线条，象征着高山上的雪水，两边的流水虚线是大雁飞翔的足迹。帽沿的黑色代表着松树，寓意儿女一代又一代，家和万事吉祥。白毡帽横刀的三条粗黑线象征着哈萨克族的凝聚力和团结一致的力量。

有白头鹰的白毡帽是未嫁娶的姑娘才戴的。白毡帽左右开口，象征着哈萨克族人的生活一路顺风，一路温暖前行。

山羊舞和白毡帽两个非遗项目在一间房子里表演完成后，艾山和库力恰依脸上都挂满了笑容。

因为时逢封斋节，长辈都封斋，做饭就靠年轻一辈儿了。儿媳烤出了新鲜的馕，煮好了香喷喷的奶茶，摆好了酥油、奶酪。我们在艾山老师家的花炕毯上盘腿喝奶茶，吃馕。艾山老师坐在墙角看新疆民间文学故事，书是新疆人民出版社出的。艾山的妻子库力恰依坐在旁边陪着我们，她坐在那里让我们喝马奶、喝奶茶、吃馕，她不吃任何东西。

封斋期间，他们在二十个小时里不能喝水，连唾液多了都不能咽下去，要吐出来。

库力恰依看着我们笑，我问她：“儿媳妇的奶茶烧得怎样了？”

她说：“贾克斯。”

以前儿媳妇做得怎么样？

她说：“刚进门成为自己家的儿媳妇时，饭做不好，衣服洗不好，馕打不好，奶茶烧不好，地毯绣不好，我会骂儿媳妇。时间长了，儿媳妇一点点地学会了。现在儿媳妇做得很好，不需要骂了。”

儿媳妇听婆婆当着陌生人说她时，害羞地笑笑。她面前是烧好的新鲜黄牛奶的小白瓷盆子，小盆子上面是一层厚厚的奶皮子，她用勺子把奶皮圈起的周围一遍遍刮干净放进奶茶碗里。

她边做这些事，边听我们跟她婆婆说关于她做家务的事。听到婆婆说她现在做的事都是“贾克斯”、烧的奶茶是“贾克斯”时，笑容绽放在她羞涩的脸上。

她都是两个孩子的母亲了，还害羞。女儿十一岁，儿子六岁，跟爷爷学山羊舞。

再过十年，第五代山羊舞的传承人将从这个家里诞生。

不管我们赞美奶茶的声音是多么具有诱惑力，艾山老师依然能安静地看书，听着我们咀嚼馕饼子的声音也不回头。

加苏扎克老师喝了三碗奶茶了，艾山老师都没有抬头。

我们坐的地毯是女主人库力恰依手工做的，哈萨克族的地毯有八种颜色，所用的羊毛颜色都是人工天然上色。地毯上的图案像高山流水，有山的图案、土地的图案、田野的图案，四周是羊角的图案。

库力恰依同样坐在她编织的地毯上，一直微笑着看着我们吃饱喝足，也没有咽下她嘴里的口水。

临走时，给艾山老师一家拍照片，库力恰依很快去换了一身传统的老式哈萨克民族服装。白裹巾跟黑色镶边的外套连在一起，那是很传统的哈萨克族女人的衣服，它在我的记忆里已经消失二十五年了。当它重新回来的时候，只一瞬间就把我击倒，让我回到二十五年前我在巴里坤草原上每天见到哈萨克族牧民的样子。

那时的她们还没有下地种田，她们仍然逐水草而居，不停地在季节的变换中转场、放牧。她们的衣服就是现在库力恰依穿的戴白裹巾的这套衣服。那时，男人们都戴着皮帽子，而且在夏天仍然戴着皮帽子骑着马，进城购买他们需要的粮食和布匹。

照完相，库力恰依很快去换掉传统服装，穿上做白毡帽时的衣服送我们出门。

门外下着雨，几头小黄牛在牛圈里偶尔叫几声，牛妈妈都在外面的草场吃草。家里的湿牛粪已经被主人做成了牛粪饼贴在干燥的墙上，有一些做好的干牛粪饼被码成了一堵牛粪墙，那是冬天烧馕、引火的材料。

小时候，草原上的哈萨克族人也是这样，在夏天时备好过冬的烧火材料。我那时最想把哈萨克族人的牛粪墙搬回到我们家的院子里，这样我们冬天烧火的柴火就不用发愁了。

我那时想怎么把铺满牛粪的土墙偷回来，但是每家毡房的牧羊狗让你无法实施你幼稚的行动。

看到艾山老师家的牛粪墙，我仍然有把这堵牛粪墙移走的想法，虽然我居住在城市二十五年，已经没有一片存放牛粪的平房，那满满的牛粪墙就是小时候无法搬回的记忆，它刻在我的脑海里，从来没有抹去。

在他们身后，山羊舞仍然跳着，白毡帽仍然戴在头顶，每一顶白毡帽上的虚线飞过大雁，也飞过他们的青春。

他们的祖辈们行走的一条很长很长的游牧之路，就在几代人的青春里从遥远的草原延伸到现在的土坯房子。

对他们而言，时光并不长。因为他们的土坯房子里还是祖辈们老毡房的样子。儿子在草场放牧，孙子们学习山羊舞、冬不拉、白毡帽。祖辈们的生活都原样地被复制在这个土坯房子家里的新一代身上。

在我们回头的瞬间，艾山家门口的馕坑还冒着热气，新馕还被放在门口的案板上，小牛还在牛圈哞叫。

蓝天下，炊烟燃起，青草泛绿，有人在毡房前手搭凉棚挥手瞭望，那是我曾经熟悉的草原场景。

乌孙国里

早在汉朝时期，乌孙人就在伊犁河流域建立了乌孙国。张骞出使西域曾到达乌孙国，汉朝和乌孙国通好，汉公主细君和解忧相继嫁给乌孙王，所以伊犁的哈萨克族有称汉族是他们的“舅舅”一说。

这段在百度搜索里找到的文字，不代表最科学的考证。伊犁的哈萨克族人真相信自己是乌孙的后裔吗？

我问了给我们做翻译的昭苏民间文学专家加苏扎克老师，他没有给予确定的答案。

散居于好几个国家的哈萨克族，他们游牧而来，有草原的地方就有马、牛、羊，就有毡房。

在今天的昭苏地域上曾经作为西域三十六国之一的乌孙国的王城里，人们随意进出、随意游玩，有多少人还记得这里曾经布满乌孙国的营帐？

我们刚好碰上天津的游客开着车带着孩子来到这里。几千公里自驾游，他们专门来到昭苏看草原。孩子们还小，不知道昭苏是古代乌孙国故里，连开车的父亲也不知道古时候的乌孙国在历史上居古丝绸之路北道要冲，乃西域第一大国。他像一个闯入者，把中原人的豪放全部展现出来，跟他的孩子们在乌孙王城里追逐着。

他闯入的季节是六月底，乌孙王城里跑来了一群大尾巴羊在里面吃草。草里有开的各种各样的花，小喇叭花、小蓝色花、小黄色花都贴在草皮上，大尾巴羊把这些鲜艳的花都卷进嘴里，吃进肚子里了。就因为孩子们是第一次看到草原上的羊把五颜六色的小花草都吃进嘴里，她们才兴奋地追着大尾巴羊在乌孙王城里开心快乐地跑着、笑着。

如果她们没有来过乌苏王城，她们这一生什么时候才能够知道在书本里没有介绍的知识？也许她们根本不会去追寻在大自然间羊群跟草原的这种亲密无间的天然养育过程。

孩子们疯够了、跑累了，年轻的父亲才拿起相机，在乌孙王城的残垣断壁的城墙上给孩子们留下了到此一游的照片，并礼貌地跟我们道别。

他们的闯入和离开居然没有惊吓到一只大尾巴羊，他们的车开走了，大尾巴羊还在原地不慌不忙地吃草，似乎那些疯跑的孩子从来没有侵犯过它们吃草的领地。

我们眼前的乌孙王城在几千年的时光里只剩下低矮的土城墙，城墙里面的草地，就像某个牧民家的一块草场。谁曾想过，这里可是曾经的乌孙国王的营帐、城堡，这里是西域三十六国之一的最大的乌孙国。

我远看着天津人车后扬起的尘土，想起一个久远的女人的名字：细君公主。

我们脚下的这座乌孙王城，曾经有汉朝的细君公主和解忧公主从南方江苏远嫁而来，她们在鱼米之乡的细腻、柔软中生活，也在最青春年华时开始适应大漠粗糙的饮食。十七岁的细君公主来到陌生的国度，成为乌孙国王的新娘。他的父亲决意让她远嫁和亲时，她南方的家乡就成了她一生无法再回去的故乡。二十岁时，貌美的她送走老乌孙王的遗体，再俗嫁逝王之孙不到一年，她也便患疾离世。她像乌孙王城里广袤草原上的一朵野花，在生命飞逝的瞬间，她年轻的心早已如野花般夭折。

多少时光过去，细君公主在乌孙国写下的悲凉诗句还在我耳边哭泣，我脚下是她曾经生活过的帐篷，我看不到她从南方穿来的丝绸锦衣，唯有她的哭泣响在这片废墟之上："吾家嫁我兮天依方，远托异国兮乌孙王。穹庐为室兮毡为墙，以肉为食兮酪为浆。居常土思兮心内伤，愿为黄鹄兮归故乡。"

细君公主并没有遭受乌孙王的虐待，仅仅是因她心中长久的远离故乡的忧伤无人倾诉，忧伤而亡。

因为怀念故乡，人们永远记住了这位远嫁的汉朝公主。

史料曾经记载过，细君公主远嫁的乌孙国，曾经有六十多万人口，是古代西域最具影响力的商品集散地。汉朝跟乌孙联姻和亲，牺牲的是细君的幸福。君自故乡来，应知故乡事。无人告知细君她的故乡有谁还惦记她，无人接她遥远地归乡。她宁愿活在自己的故乡里死去，像黄鹄一样自由。

从乌孙王城到夏特古城，那是两千多年前乌孙王的夏牧场。冬牧场至今在哪里，还没有找到。夏特古城长四百五十米，宽三百五十米。乌孙王掌权时，两边都是河，后人发现时已经没有河了。

新建的城门上面的哈萨克文字是加苏扎克老师写的。

两千多年历史的乌孙国夏牧场里，周边还有三十多棵野柳树，羊儿在这里吃草，天马在这里晒着太阳，打着响鼻，吃草撒欢，偶尔抬头仰望着星空。

还有一些马在野柳树下乘凉，它们无忧无虑地享受着大自然的馈赠。

据说，这里曾是乌孙王拴马的地方，拴马桩留下的雨水，让野柳树长得更加茂密。路右边的野柳树更多，像一座绿色的小岛。

两千多年过去，乌孙王国的帐下，现在牧民的毡房仍然像星星一样点缀。老毡房旁边是新毡房，牛羊撒欢，马群闲散。路边到处是黄色的小野花，你只要站在地里和草滩上，青草和野花的味道会直接钻进你的鼻子里。

路边更多的是粉红色的毛球球花，像大地上的星星和眼睛。

加老师说，两千年前的花更漂亮。我们笑着：谁见过两千年前呀。

有牧人赶着马群，打着口哨而来，马蹄嘚嘚，马群像流云。

夏特山下的马拉力特沟，据说有细君公主墓，墓碑上写着：“细君公主墓碑，公元前101年至122年。”墓碑旁，青山环绕、野花遍地，古人魂魄萦绕山间。

也有人说，细君墓在哪里没有人知道。

乌孙王的墓还没有确定在哪个位置。

夏特古城乌孙王时的古墓，上面长满了绿草。那是乌孙王部落的长官的墓。听说，这些长官下葬时也让他们喜欢的女人一起陪葬；女人活着时用的东西也跟人陪葬。

古墓的大小跟官位的大小也有关联，官位大的是大古墓，小的是小古墓。

还听说，有的牧民们挖出了军人的墓，尸体面部都镶嵌着纯金。

更有传说，在2006年的时候，夏特河里有一块乌龟石，跟真的乌龟一模一样。

加老师说："按乌孙礼节，谁先去世，最高的地方就是谁的墓地。"但是我们看到的最高的位置还不能确定是乌孙王的。

站在两千多年的古墓前，已不识得古墓的主人，高山下，流水边，青草绿地，无论古今，无论何人，墓地上青草依依，小花烂漫，雀鸟飞翔。

而乌孙王连骨灰也不见在故里，细君公主的魂早已乘黄鹄飞走，飞到江南故土。

两千年，乌孙王成了久远的历史，对于现在的昭苏人来说，这里就是乌孙人的故乡。

草原石人

洪纳海乡别斯喀拉盖村，是昭苏县城以西两公里处的一个维吾尔族人占80%的农业村。

但是这个村并不落后，路灯林立，路两旁盖着红顶房子，院墙外木栅栏、各种花草和景观树相互辉映下还保留了村子原生态的风貌。一进村落，马蹄哒哒，铃儿叮当，有艾德莱斯丝绸装扮的漂亮的马车，绕过弯弯的村巷，你看到的是马路两边开满油菜花和麦田抽穗的乡间小路。

黄色的，紫色的，绿色的，红色的，蓝色的，还有天边白色的云彩，够你想象，也够你赞美。

你如果再深入一些，走到村子里的草原里，你能看到草原，那是洪纳海草原。

更深入一些能看见什么？是唐朝时，画在石头上的草原石人。

我曾被草原石人震撼，那种震撼比草原更猛烈。

就一个石头而已吗？

北京大学的一位教授说，他见过其他石人，没有见过在洪纳海草原上这么逼真的石人。

我眼前的一尊草原石人是一个很帅的男人，长弯眉，八字胡。男人前胸的石头掉了一块。这是一尊雕刻极为丰富的石人，旁边的碑文介绍说："该石人头戴王冠，五官俊秀，身形高大，左手握刀，右手执杯，背后有九条发辫，形似威武的将军。"下部刻有纵排文字，至今无人能解读。

还有一个石人高二百三十厘米，头宽三十五厘米，身宽五十厘米，面东而立，是女性，身上所刻文字为粟特文。

有一家三口的石人，爸爸长着一对弯月眉，小胡子上翘，一脸横肉，面目狰狞。妈妈似在冥思苦想，俯首低眉，很谦恭的样子。孩子表情舒展、放松，是因为有爸妈在一起他才如此享受？

矗立在昭苏洪纳海草原上的十一尊草原石人，面朝东方，每个石人都各具形象，他们散落在草原上，虽历经一千多年，仍栩栩如生。

加老师说，草原石人大多选用整块岩石雕凿而成。有些石人只是在长圆形的石头上浅凿几条细线，粗略显现出人的面部轮廓；有些石人则是精雕细刻，头部、五官、身躯生动逼真；还有的石人身披发辫垂至腰际，线条舒展流畅。石人有壮年、妇人，也有孩童。男性多为武士，宽圆脸型，高颧骨，蓄八字胡须，双目圆视，腰悬弯刀或长剑。

考古界认为，新疆石人最早起源于公元前1200年左右的萨满教。昭苏草原上的石人就是萨满教的一种表现形式，它不仅是对英雄的崇拜，也是对祖先的崇拜。

1984年，新疆有了文物管理局，昭苏文物管理所把草原石人装车拉到乌鲁木齐鉴定。那时，文物管理所的门口堆满了石人。

新疆博物馆馆藏人员把草原石人挖出来时，身着衣服、鞋子。

挖了多深？没有人知道。

草原上的石头人1

看到游客挤在石人像前，随意拿起地上的石子或者用手触摸石人面部，听导游在那里讲解，加老师很生气。他认为，游客手里的石子会破坏草原石人的面部，手到处摸石人也会让石像慢慢受损。他说那个大的石人的前胸掉的一块应该跟游客长时间用带着湿气的手在上面摸有关。湿气会让坚硬的石头一点点慢慢分裂。

加老师看不惯，终于忍不住跟导游说了，让游客不要用湿手触摸石像。导游明白了加老师提醒，一直在那里道歉，并马上把加老师的原话转告给游客们。

加老师说："那个时候的人们很早依靠飞的鸟、刮的风、跑的龙，互相传话。比如说，某一天，天亮时我们见，天不亮我们就不见。"他说得有模有样，似乎他曾经见过一样。他说的时候一点也不笑，我却忍不住笑起来。

加老师讲起故事来都很逼真。他又听到导游说："这个最大的草原石人是从外面搬过来的，其他的是从昭苏后山等十个地方拉过来的。"

加老师说："就在原地挖出来的。导游总会编故事，会杜撰野史。"我看着加老师那股认真的劲儿，悄悄地掩嘴偷笑。

加老师说，夏特柯尔克孜民族乡境内的科达和尔沟口，有一男一女两尊石人，相距五百米。女石人面部线条分明，厚唇、方口，鲜明地表现出当时活跃在这一带的突厥人的形象特征，身高为1.3米，宽0.3米。男石人面部线条雕刻也很清楚，合字口，并留有八字胡须，高0.98米，宽0.36米。两尊石人皆面东而立。

形体最大且体表刻存文字的是小洪那海的女石人，位于昭苏县城东南五公里处。这个石人高2.3米，宽0.5米，头上戴帽，脑后梳有十

草原上的石头人2

条发辫，辫长及腰。亦面东而立，双手交叉抱于胸前，右手中似持有碗类器物。膝下衣褶间刻有古代文字，这是其他石人所未有的。

不管是加老师说的史料，还是网上搜到的石人资料。我更希望这些草原石人是乌孙人，他们长久地在草原上，有人通过石头把乌孙人当时的状态刻在了石头上。

他们的神情不拘泥，他们神态自由、动作自在。

有人说，乌孙人的一部分后裔是突厥人，从一些石人的特征可以看出带有突厥人的特征。乌孙人和突厥人都以狼为图腾，大帐外置一幅狼旗。如果有将士死去，将立石头作为纪念。

我更感兴趣的是，这些草原石人，难道是为纪念那些牺牲的勇士？

他们身亡了，灵魂还在石头上不朽。

那时，石头是草原最好的原始奖赏材料。两千多年过去，石头上的人像被今天的人们从泥土里挖出，让人们重新回到两千多年前，寻找人类的生存记忆。

我不敢把我的想法告诉加老师，史料里没有的记载，加老师不会赞同我的非分之想。

我也只能在洪纳海草原上，看着这些形态逼真石人像，想象一下远古的古人，还有他们曾经的故乡。

我甚至不想让导游的杜撰来搅乱我的想象。

人类思考的时候、想象的时候，都很诗意。就像面对一望无际的草原，把自己想象成一只天鹅、一匹小马驹、一只小羊、一头小牛。生命是如此新鲜、明亮、可爱，有光泽、有向往。

尤其你站立的脚下是生命的故土、生命的根，你对生命的想象更具体、更驰骋。

洪纳海草原虽不是我的出生地，却像我的出生地草原一样，把最丰富的想象给了我，让我对草原石人有了亲密的对话、亲密的思想。

如果你也来过，在洪纳海看到草原石人，你可否有过我所想象的？

是否你的想象比我的更多？多到让草原石人回到他们真正的故乡？

夏 塔

据说夏塔古道是唐朝著名的“弓月道”必经之冰达坂山口，唐玄奘西行翻越的“凌山”即在此。峡谷沿途石筑的阶梯，是古道的遗存。

关于夏塔古道，当地流传着许多神奇的传说，其中有一个关于神鹰的故事：在冰山中栖息着一只神鹰，平时人们看不到它的踪迹，若遇翻越木扎尔特达坂的行人在风雪中迷道，这只神鹰便会凌空飞鸣，指引行人前进的正确方向，从而化险为夷。

距峡口不远的路侧，有一块洁白如玉、大如桌面的石头，半卧道旁，仿若盘腿打坐的菩萨，人称“菩萨石”。

夏塔草原辽阔坦荡，宛如烟波浩淼的大海一望无际。这里草场丰美，有几分“天苍苍，野茫茫，风吹草低见牛羊”之壮美。

夏塔风景旅游区位于高峰林立的天山主脉北麓昭苏县夏塔柯尔克孜民族乡境内，是以山口、古道、古遗址和自然景观组成的一条古文化风景线。

我想说的故事跟夏塔有关，也跟管辖夏塔景区和周边的派出所有关。

夏特边防派出所在昭苏最边远的夏塔古道边，是古代乌孙国的夏都之地、丝绸之路的必经之地。有人说，夏塔古道是玄奘取经去时的山路，那时更险峻、崎岖。

派出所外面立着很大的一块石头，石头两面分别刻着“爱民固边”“警民一家亲”，刻出来的字用红色的油漆刷出来。夏特边防派出所教导员李建民指着石头告诉我们来历。这块石头是2013年村民们在夏特河找到的大石头，他们找人把石头抬到派出所的外面，又找雕刻的人在上面刻上字，立在派出所的外面。行走在路上的人，人人都能一眼看到红色的字和巨大的石头。找石头的经过和雕刻过程已经让我们知道这里的边防官兵跟老百姓之间的关系，今天的边防官兵坚守着另一种军民情怀。

夏特边防派出所的对面，过河就是夏塔古道。在夏塔古道上，骑摩托车的牧民从昭苏县城购的物品塞满了摩托车的后座。他们骑着摩托车，穿着厚大衣，戴着皮帽子把头裹得只剩下眼睛。古道上除了悄然融化的冰雪让摩托车在上面打滑，还有新鲜的牛粪沿着路向前方和后方排满，只要稍微不小心，脚就会踩在牛粪上面。一群牛毫无顾忌地在我们面前逍遥而过，也把粪肆意撒在路面上。

我们希望在夏特的村民家走走，说好要去开会的李建民放弃会议，陪我们走村串巷，一家家地行走。后面跟着一群孩子们，尾随着李建民，并跟他打招呼。

我们第一家去的是夏特的牧民柔扎洪家。柔扎洪家就在路边，他看见李建民就从门口迎过来了。外面放了几辆待修的摩托车，柔扎洪请我们进到房子，房子里摆满了摩托车修理的配件。摆满零件的墙柜上挂着一幅鲜红的锦旗，上面用维、汉两种文字写着：“情系古道情，助学献爱心。”柔扎洪的深黄色皮夹克上应该沾满了修理摩托车的油渍。他里面穿的露出来的粉色T恤，除了衣领处脖子周围的，前面的部位全部是黑色的油污。没有多余空间，我们就站着跟柔扎洪说话。

夏特小学送这面锦旗的原因是因为柔扎洪从2009年开始每年捐助一百个贫困孩子上学，有维、汉、蒙、哈、柯尔克孜等十六个民族的孩子。说起助学的事情，柔扎洪笑着说，要感谢李建民教导员。他说，李教导员来夏特十几年了，对群众很好，村民遇到困难的时候帮村民，孩子上学遇到困难了帮学生。2009年李建民去夏特中学开展法治教育，看到全校学生都没有统一的校服，他和派出所官兵发放宣传单，联系夏特古道上的驴友帮忙解决学校校服的问题。新疆一家户外运动俱乐部赞助了夏特中学的校服，还把此后的爱心款和实物邮寄到派出所。李建民就和官兵们一起在学校建立了“爱心超市”和“爱心助学”基金。柔扎洪知道此事后，就跟着李建民开始资助贫困学生。

柔扎洪一年两次捐助一万多元。他经常去乌鲁木齐进货时买衣服和学习用具，回来带给他捐助的学生。他有两个女儿，大的一个上四年级，小的上学前班。大女儿看到爸爸给贫困孩子送学习用品，她也经常把本子和文具送给有需要的同学。

柔扎洪说：“没有老百姓，我们也赚不上钱。我们能赚一点钱，生活好了，帮孩子们上学也是应该的。李教导员和边防官兵不是我们村里的人，都帮我们村子。我们做一些，他们就少帮一些吗？”

不是每个人都有钱来柔扎洪的摩托车修理店修车，有的村民修摩托车，八年了还没有结清欠款。

柔扎洪一直开心地笑着，跟我们说话，他说话时，李建民教导员都插不上嘴。我们去另一家牧民吐尔洪家时，柔扎洪的笑声还在我们

身后响着。

因为没有提前打招呼，去的每一家都是临时决定的，看看家里有人没有。吐尔洪和妻子在院门里看到李建民和一行人，马上开门请我们进去。年龄相差不大，吐尔洪和妻子把李建民当作弟弟。在吐尔洪家，他的妻子对我们说，老公前几年做手术，是李教导员买油、面粉来看望。他做的事情就像自己的弟弟一样。

李建民领着我们参观吐尔洪的家和院子，还告诉我们，2012年，夏特边防派出所的老警务室搬迁时，官兵们没有住的地方，吐尔洪家把自己的房子让给派出所住，直到派出所的营区修好才搬走。官兵们在吐尔洪家住时，吐尔洪的妻子经常帮忙给官兵们做饭吃。

现在吐尔洪家官兵们住过的房子空着，吐尔洪的妻子打开门，讲着当时的吃和住的情况。房子没有人住仍然干净整洁，没有灰尘。吐尔洪和妻子挽留我们吃晚饭，我们谢绝了盛情，又去第三户村民家。

去毛拉生家，是跟着他的几个小孙子、孙女进去的。他的几个小孙子从村口就一直跟在我们身后，戴着小针织帽子，露出纯真的眼神。然后我们说："去你家吧，请带路。"小孩子们快乐地在前面指引，就把我们带进家门。

脱了鞋，坐在毛拉生家的花毯上，炕桌上摆满了维吾尔族人的食品。油炸馓子盘得很高，掰了一块尝尝，酥酥的，是我一直想念的那种馓子。奶茶飘香，笑声不断。毛拉生坐在炕中间给我讲他第六个"儿子"的事。

毛拉生今年种了七十多亩地，收了十八吨小麦，一公斤小麦交给国家粮库可以卖两块多钱。辛苦一年后，生活还过得去。农忙时，他的第六个“儿子”李建民总会带着官兵们帮忙种地、秋收。毛拉生有五个儿子，都结婚了。忙的时候每家都忙，平时他的儿子们都各自忙自己的。只有“六儿子”李建民能经常帮他的忙，他给我们用手势比画五个自己的儿子又加了一个，有六个儿子。

坐在毛拉生家的花毯上，李建民看上去就真的像毛拉生的儿子。

毛拉生和妻子热情地留我们住一晚，第二天再回昭苏。我真想在毛拉生家住一晚，过过有奶茶、花毯、草甸子、麦地、草原牧场的生活。

从毛拉生家出来，村里的小朋友见到李建民像自己的家人，看着他笑。放学的小朋友们，书包还背在身上，就追赶着自己家的奶牛回家。

这是奶牛挤奶的时间，孩子们在奶牛后面赶着牛。看到我们拍照片也顾不上好奇，也不停下来。他们用书包当鞭子把奶牛赶得跑起来，后面是扬起的尘土，孩子们在尘土飞扬的路上开心地笑着。

李建民看着尘土里远去的孩子说：“这里的小孩们都很懂事，放学回家时顺便帮大人把奶牛赶回家去挤奶。”

尘土在奶牛后面扬起来，扬到我们身上。

我们离开夏特边防派出所后，其他人讲了另外的故事，故事还是跟李建民有关系，说夏特村民塔夏洪把安居房的彩钢瓦刷成红色的，老人说这是对边防派出所官兵的一种谢意。他家的房子修建时是李建民帮忙找的钱修建的，秋收没有劳动力，李建民就是他家的免费劳动力。冬天扫雪、劈柴这些小事都是李建民帮忙去做的。

李建民创建的警务室被昭苏县政法委命名为“李建民警务室”，他获得过的荣誉有：全国优秀人民警察，全疆人民群众满意派出所警官，新疆边防总队“十佳边防卫士”等。在村民们心里是儿子和兄弟的李建民，他在我们的眼里，就像一道柔软的风景。

夏特边防派出所管辖六十三公里边境线，派出所的边防官兵除了执勤、办理户籍等，还要帮村民们干地里的活。派出所管辖点的年轻人大多都出村打工了，剩下的年纪大的村民干不动活的，派出所的官兵就会分头去帮忙。

李建民的家在伊宁，女儿九岁。虽然只有两百多公里的回家路，他很少回家。女儿小时候见到穿军装的就喊爸爸，现在女儿大了，天天打电话给爸爸，说想爸爸。

李建民没有时间回去的路，我们正在上面行走。路两边是牧场，昭苏的山下就是草原，马、牛、羊在初冬的庄稼地里吃草。青色的山上白雪覆盖，深褐色的大片土地在大山底下裸露地展现，那是肥沃的大地，是大地上的粮食。

昭苏，是塞外江南伊犁的粮仓，是伊犁马的故乡。

夏特的每户村民家里，冬草在房屋边被码成一墩墩草墙，储存着马、牛、羊过冬的草料。在冬天，在一片收割后的枯黄的草原上，草料对冬天的马、牛、羊来说是生命的食物，里面有牧人的体温和语言，还有热情的温度里的劳动。

公路两边，有的马、牛、羊吃饱后，躺在干草地上休息，它们全然不顾其他同伴的嘴啃食身边的草。它们不急不慢的休闲是昭苏的冬日里最动人的风景。

车里放着巴特尔道尔吉演唱的《梦中的额吉》，眼前是大片的草原牧场，成群的马从公路两边奔跑而过，像晚霞中的流云。纯蒙语版的《梦中的额吉》在巴特尔道尔吉青春、张扬的天籁一般的声音里沉淀。这样的草原也是我曾经生活的草原，是我的家乡。

我真希望我能停下来，拿起马鞭，在昭苏这片辽阔的草原上，去赶赶那些流云一样奔跑的马群。

草克特格斯

草克特格斯属于不善言辞的那种蒙古族人，如果跟他交流，几乎问不出你想要的东西。他的一张黑红的脸布满了太阳底下暴晒出的所有图案，那张脸上也写满了日月天华、春夏秋冬、经年和维度。

看见他的脸似乎都不需要问他关于巡边的二十多年里的辛苦和劳累，也不需要问他家人对他工作的支持。他率领妻子、儿子、女儿全家在这里的二十多年，已经立此存照。

草克特格斯的家在76团以西的格登山下，一排很旧的平房伴随着他们一家人在这里护边二十多年。

我去时，只有草克特格斯在家。因为土坯房子的外面看不出任何蒙古包的痕迹，我一开始并没有把草克特格斯当作蒙古族人。

推开门后，蒙古包里的呈现会一一在眼前过电，像很老旧的唱片机，一首歌一首歌地翻唱出原来的样子。

家里的炕上铺了一块很大的蒙古族的花毯，墙上的绣品是草克特格斯获得的先进个人的奖状。应该是怕纸质的奖状容易损坏，女主人用丝质布把奖状又刺绣了一遍。“先进个人”四个字绣在丝布边上的红布上，图正中是一个蒙古人骑着马、拿着弓箭，也是绣上去的。马活灵活现，像一匹快马，在飞奔途中突然被勒停。

草克特格斯家对面就是哈萨克斯坦，只隔一条界河就可以到达。在他家门外可以看到对面哈国的房屋、牧民，甚至连哈国的牛群、羊群、马群都能看得清清楚楚。

一条界河分隔着两国的国境线，也分隔着两边的牧民。

草克特格斯说："对面哈国的牧民，其实最早也是从这条边境线上离开中国的。现在隔河相望，故乡不再，故国犹在。"

界河这边的我，举目四望，眼里是铁丝网里一个个分离的故乡。这么近的故国人，这么近的邻国，如果你要去哈国，还得从霍尔果斯口岸过关再乘飞机到哈萨克斯坦，最后到达我面前的哈国牧场。一步之遥，需要乘坐飞机、汽车、大巴，几天才能到达。

原来，故乡最早就意味着远离。她把灵魂分为身、心。身心分离，就是故乡。你挥一挥手、叫一声故乡，心就流泪。

家鸡在草克特格斯家的门外吃草籽和石子，看到来人也不惊慌。那种淡定、从容是有底气的。只有根脉深的气场才能有如此胆量，打不走、赶不跑。家鸡偶尔抬起头注视一下陌生人，然后又淡定地找食觅食。

草克特格斯家的上面是格登山，抬眼抬头，可以看到乾隆格登碑。巡边时，草克特格斯也会走到碑前看看，有没有人为破坏。

在格登山上和格登山下，草克特格斯走过二十多年。

在小雨中，我登上格登山，眼前的格登碑虽经风蚀雨剥，碑文漫漶斑驳，但整碑石完整。它主要记载了清军屠杀准噶尔部首领达瓦齐叛乱的经过和战绩。格登碑的全名是"平定准噶尔勒铭格登山碑"，碑文是清朝乾隆皇帝亲自撰拟。格登碑是一方巨型花岗岩石碑，石碑高

2.95米，宽0.83米，厚0.27米。碑额镌刻盘龙，正面刻“皇清”，背面刻“万古”，碑文为日出东海浮雕图案。格登碑正面用满文、汉文，背面用蒙文、藏文共四种文字镌刻，全部文字都是竖排。

登高望远，在格登山上可以看见哈萨克斯坦的牧场，也可以看见护边员草克特格斯的家。他家房顶上的草甸子整齐地排列着，像山草士兵。

在格登山上还能看见一千万亩草原的昭苏、十万匹骏马的昭苏、百万亩油菜花和紫苏的昭苏，那是夏天的昭苏。在冬天的昭苏，牧场从这山边连到那山边，从山边连到天边，从天边连到草原，从我眼前划过的是冬天的昭苏。

我还能从格登山上看见草克特格斯家里的刺绣图，那图上的马儿应该是很早就把草克特格斯从内蒙古大草原带到昭苏草原。因一片草原，他把内蒙古当故乡、把昭苏当家乡了吧！

革命江

村村寨寨哎，打起鼓、敲起锣

阿佤唱新歌

毛主席光辉照边疆

山笑水笑人欢乐

社会主义好，哎，架起幸福桥

哎……道路越走越宽阔、越宽阔

——《阿佤人民唱新歌》

革命江用他粗糙的手在几十年前的旧唱片机上放出《阿佤人民唱新歌》时，他的脸上绽放出自豪的微笑，听着歌声的我生出一种穿越的感觉。他的姓名带着明显的时代印迹，就如同灯塔知青馆一样。不过，冬天灯塔知青馆没有游客，作为吐古松边防派出所协警员的革命江就给我们当起导游。他在灯塔知青馆工作已经四年了，对知青馆的历史了如指掌。

2000年前，这里是国营农牧场，在伊犁河谷很有名。从1968年到1980年，前前后后有五百名知青在这里插队，他们留下了很多东西，一直影响到现在，包括参天的大树、自来水管道等，都是当年人工种植和挖掘的；当年的砖窑队烧的砖，当年基建队工人建的办公室，一直保留到了现在。还有很多的知青留在了这里。

灯塔知青馆馆址位于原灯塔牧场老办公场所，占地面积一千三百六十平方米，建筑面积二百六十平方米，有知青生活复原区、历史物品展览区、知青1973主题餐厅和室外展区四大部分。

灯塔知青馆的门口写着黄色的黑体字：“自力更生、艰苦奋斗。”院子里的知青树下是用石子铺成的昭苏县区域图，院子里的古松和翠竹在落叶的季节仍然把绿色呈现在我们眼前。黄色的、白色的景致里的绿色，让生命有了回归的叶脉。

革命江在室外展区前掀开布篷，底下是原来的解放牌汽车、东方红铁牛拖拉机。对这些历史车辆的来历，革命江也如数家珍，似乎这里的所有物品都是他自己家的物品，他轻车熟路、小心谨慎。

知青1973主题餐厅里有当年知青们使用的各种煮饭的大铁锅、铁铲，吃饭的用品，有餐具、主食样品，有老式农具、铁锨、锄头、木犁、手推车、镰刀等。

灯塔知青馆是新疆唯一一个知青馆，馆里保存的影像物品涵盖了整个知青时代的生产生活印迹。

法国历史学家雅克·勒高夫的名言刻在知青馆进门的墙面上：“世人应当认识和尊重过去，以便建设符合情理的未来。”这句话的前一句是：“拒不思考历史的民族、社会和个人是不幸的……丧失往昔的人是不幸的。”这句话没有刻在墙上，它刻在我的记忆里。

知青生活复原区墙上的文字已经发黄，却很清晰，上面有让我们这代没有经历知青年代的人可以去搜索、了解的全部文字和历史。

“知识青年”在中国成为正式称呼是在1963年至1964年。一批北京和天津的品学兼优的中学生作为带头人来到山西的贫困农村落户，从此，“知识青年”一词在这个特定的年代，被确认为一个特定阶层的称呼正式使用。邢燕子、侯隽等少女成为其代表人物被广泛传颂。1973年，昭苏县灯塔牧场成立，当时的牧场职工是来自北京和上海等地八十余名知识青年，以及本地部分牧民。当年，那些知青积极响应党中央的号召，来到偏远的昭苏，为昭苏的发展奉献了自己的青春和热血，为边疆经济发展作出了巨大贡献。知青们与本地各族群众团结一致，在昭苏这片广阔的土地上谱写了民族团结最美的篇章。

知青墙上有1961年至1966年的七百八十四名从上海奔赴塔里木的知青名单和灯塔牧场再教育人员名单。有最早的手绘图画，写着“广阔天地大有作为”几个字，字上面是毛主席金光闪闪的头像。还有知识青年手拿毛主席语录的绘画，绘画上写着：“知识青年到农村去，接受贫下中农再教育很有必要。”有20世纪50年代、60年代的马灯、收音机、老菜盘子。盘子底上印着蓝色的字体：“毫不利己，专门利人。”

昭苏县灯塔牧场曾经有上百名知青，他们种的树、开挖的渠现在还在，除一名知青如今依然留守在吐格勒勤村外，其余全部返城。

在历史物品展览区，上海的知青把送给女朋友的沙发留在了灯塔牧场。我看见这套沙发时，时间已经从过去穿过了六十多年。沙发老去，知青们留下的照片还年轻，知青年代的歌曲响在耳边，父辈们支边的故事在每一张旧照片里被一页页翻新。

革命江在讲解

《冰山上的来客》电影海报被贴在知青馆的窗玻璃上。影片里的阿米尔和真古兰丹姆彼此对望，那是20世纪60年代的经典电影，电影里杨排长喊的话“阿米尔，冲！”立刻响在耳边。

历史墙在革命江的讲述里像胶片一样被刻录成碟。知青年代的回忆和歌声从c842四速电唱机、鹦鹉牌手风琴、新海牌长笛、F16—GS放映机里苏醒。

革命江微笑着跟我挥手告别。

我身后是知青馆展区外面用石子铺成的昭苏县地图上的草原和天马，它们都在夕阳里一点点远离我的视线。

再次见到革命江是在2016年的夏天，我没有打招呼直接到知青馆。进大门抬头的瞬间，革命江已经把我认出来了。他黑色的脸上堆起的笑容漫过了他的整张脸。

是瞬间惊喜过后又恢复平静的笑容。

他说：“你怎么来了！”（新疆话的这句话，应该是“好惊讶看到你！”）

我说：“你没有想到吧？刚半年时间，我又来了，你还在这里。”

他再说：“真的没有想到。你那么远，还能再来。”

显然，革命江把灯塔知青馆当自己家了。

原来的门口的昭苏地图已经不见，这里重新装修后，比我半年前冬天看到的有所更新。但是我更怀念半年前的那个样子，老样子里的史料更接地气，也更有年代感。

重新装修后，全新的环境竟让我恍然若失。

我失去了眼前的黄泥巴墙壁，还有黄泥巴上面的小黄米的米粒。

革命江在灯塔知青馆

原来的摆设也换了地方，但是都不是原来的最初印象。

在全新的环境里讲述知青年代的历史，画面太新、太时尚。

在我脑海里储存的知青图片仅仅半年时间，已经不能按原样复位，一刹那的失落感让我情绪低落。还好革命江还是原来的那个革命江，连笑容都没有一丝一毫改变。匆忙跟革命江合影留念后，我急于想离开知青馆。

故乡是有年代的，也是有颜色的。

能装住年代的，一定是有情怀的墙壁。

如果原来的墙壁还在，我想，那些离开知青馆四十年的人们，再来时，一定能看到他们当年的现场。那是把青春无私奉献给广阔天地的时代，没有自我的时代，那是一代人纯粹的社会人生记忆。

听说来了一拨当年的那些知青，在老旧的知青馆照片下，飘着银发抱团哭成泪人。也听说，好多人已经在天堂。

现在的知青馆里，老东方红拖拉机还在，解放牌汽车还在，耕地的犁还在，做饭的炊具还在。“知青”两个字也在，旧馆换成新馆，历史就写在那里。

只是现在人，谁也无法用过去的炊具做出今天的饭食了。

喀尔坎特大草原遇见斯琴

去喀尔坎特大草原是找尼曼的。

听说尼曼的马养得很好，还保留着最早的军马场的纯种天马。

这次加老师有事，不能跟我们同行，军马场的摄影家陈老师开车带我们来到尼曼家。

打电话说，尼曼在从伊宁赶往昭苏的路上，我们也不赶时间，就在尼曼新搭建的蒙古包里坐下来。

新蒙古包很大，里面的所有物品都很新。坐在新蒙古包里，喝着新鲜的正宗的奶茶，还能从蒙古包的门口欣赏草原的美景。

新蒙古包四周因为有牛和马在吃草，湿马粪和牛粪的味道就从木门一点点、一丝丝地渗透到鼻子里。

马和牛的粪便都来自草原上的青草和鲜花，粪便里自然有青草和鲜花的味道，是大自然的味道!

试想，一个城里人，从来没有来过草原，也没有闻过湿马粪和湿牛粪的味道，她还要端着奶茶把这些味道不经意地喝下去，她会感觉怎样？奇臭无比？难以下咽？恶心呕吐？

如果是这样，你就不是草原的主人，你和草原还有很长很长的融合距离。你也一定是第一次来到草原，对草原和马群来说，你还是个陌生人。

我可以盘着腿坐在花地毯上，用娴熟的动作倒上奶茶，端起茶碗，品着草原上正宗奶茶的香味，透过木门目及四野。

我眼前是一望无际的草原，草原上面是蓝天白云，隐隐的山被白云遮盖。那是绿色和蓝色、白色混合的干净的草原。

尼曼还没有到来，我们只好从新蒙古包走出来，去尼曼的老房子里等他。

老房子距离新蒙古包不远，是土坯房子，很久了，外墙被风吹日晒、雨淋，已经很破旧。尼曼的女儿斯琴摇着摇篮里的女儿接待着我们。

斯琴的爷爷是牧民，七八岁时斯琴知道爷爷是军马场喀尔坎特大草原放牧的。斯琴的爸爸尼曼之前也在军马场放牧，2003年军马场把牧场的棚圈卖给牧民，他们家分了马和牛。斯琴还记得爸爸在军马场放牧时有一匹黑马很有名，爸爸骑着这匹马在新疆参加过速度赛马、走马比赛，还在宁夏、广东参加过比赛拿过奖。这是匹纯种的昭苏汗血宝马也是他们自己家的马，从小马驹到成年马，一直跟着爸爸。现在这匹黑色的汗血宝马已经老了，放养在马群里，再也无法展现参加比赛时的荣光了。

斯琴说这匹汗血宝马，它休息了，老了。

当她说马老了时，竟也没有忧伤，就像说跟自己的生活很远的一件事。就像草原上的一棵草该生长的时候生长、该枯萎的时候枯萎、该凋谢的时候凋谢，也像草原上的天一样，有时风大，有时风小，有时晴空万里，连一丝云彩也没有。

老了的汗血宝马放养在马群里，我想见识一下它曾经的骁勇和雄悍也无法做到。

斯琴说：“真想见，也得等爸爸回来，带你们去马群。马群太远了，一般人不骑马到不了。”

土坯房子里有蒙古族的蒙古包常见的一切装饰，墙上因为挂着蒙古族的挂毯，炕上铺着地毯，看不出屋里有多陈旧。因为是从外面进的门，破落的土坯墙门外和挂着挂毯的门内，仿佛是两个世界。

斯琴的女儿才两个月，小小的摇篮就可以把她装进去。我们说话也无法惊醒她，她就那样，在小小的摇篮里做着她自己的梦。

斯琴的蒙古语名字是开心快乐的意思，她真的像她的名字一样，说话，回答问题，她都开开心心，没有一丝不耐烦和不情愿。

斯琴不知道我们要见她的爸爸尼曼做什么，她没有追问。我也一时无法告诉斯琴，我见她爸爸要做什么？是想看看他的纯种的汗血宝马？还是想问问尼曼养昭苏汗血宝马的故事？

面对斯琴，我竟无法说明。

斯琴是不善于打破砂锅问到底的蒙古族女子，这对于我而言，就是我心中所盼。

门外的桩上，拴着六匹公马，两匹澳大利亚血统的马，一匹美国血统马，一匹北京血统马，两匹伊犁改良马。六匹马浑身光滑，骨骼挺拔剽悍，在被拴起来的桩前扯来扯去。公马是不愿意被缰绳拴起来的，尤其在草原上还被缰绳捆牢，它们就不停地嘶喊、打喷嚏，想自我解放出来，缰绳三百六十度的弯无法让马儿们自我逃脱。也许这六匹公马也想见到牧马人尼曼，这样，就可以驰骋在草原，在马群里昂头嘶鸣。

我是想亲近这些公马的，斯琴说："它们太烈了，会咬陌生人的。"

女儿不经意间悄悄醒来，在摇篮里舞动着小手。

斯琴把两个多月的女儿从摇床上抱下来，让小小的女儿躺在她的怀里。她用手帮女儿把帽子整理了一下，又亲了亲女儿的小脸蛋，她竟当着我们的面用手把嘴里的唾液抹在女儿的脸上，还擦眼睛。

我惊讶，问斯琴："为什么用这个方法给小孩洗脸？"

斯琴笑着说："不知道，从小老人们就这样做。"

我再看看斯琴的脸，从小被她母亲用唾液洗过的脸，很清纯。光洁的脸让斯琴很显年轻，老了会怎样？等斯琴的女儿长大，我如果还能看见，也许我知道用唾液洗过的脸跟正常人有什么区别。

斯琴女儿的名字叫吾日衡，竟像个蒙古族男孩的名字。

吾日衡戴着小帽子，被小蓝被子包裹着，小小的腿踢开了小蓝被子，光光的，没有穿小裤子。

"不给女儿穿裤子又是什么讲究？"我问斯琴。

斯琴说："是故意不穿裤子的，让她从小跟大自然亲近，身体跟大自然协调。故意让穿得少，是适应草原上的环境、气候，这样孩子长大了不容易生病，而且更能适应各种气候变化。草原上生活的人，身体必须很棒，要不转场放牧时没有医院，生病来不及救治。"

草原上的牧人，都有他们的传统习惯。有些习惯，世世代代从不改变，就是这个原因，人活着首先为了生存，生存是草原上的牧人最重要的事情。

斯琴没有变化的语气和微笑在我面前荡漾，我竟有些伤感起来，为了活着的命题而伤感。

斯琴说生存时也像在说跟自己无关的话题、跟自己无关的生活。她的女儿才两个月，就按草原传统的方式坚固生命的底气，以让生命在未来的风雨中变得更坚强、更坚韧。

我距离做一个草原牧人的生活还很遥远，我们连生命最初的底气都没有聚拢，连自己都无法保证的生命，怎么可以抵挡一整个草原的天灾呢？

五十年后，我这个草原上长大的女人，因生命的话题再次面对草原上的一个年轻的蒙古族母亲、一个两个月大的婴儿时，我突然觉得自己的身体很轻，轻到一股风就可以把自己刮倒了。

在跟斯琴说话的空隙，美国血统马在拴马桩上扬声呐喊，坚硬的蹄子四处乱踢，没有人理睬它，只好又安静了下来。

斯琴家的小四轮收割机在门口等待着，需要割草的时候，它会突突响起来工作。草场大的牧人家都用机器收割草了。

斯琴的爸爸尼曼的手机没有了信号，电话也联系不上。再等，也没有消息。

从斯琴家里出门，我告诉斯琴，我们还是想见到她爸爸尼曼。斯琴点着头答应着，等爸爸回来一定转告。

走了很远才想起来，为什么不问斯琴要一张她爸爸骑着昭苏汗血宝马参加比赛得奖的照片呢？

下次，一定让尼曼骑着马带着我去他的马群，看看这匹放在马群里的昭苏汗血宝马它曾经剽悍的过去。

它老了、休息了，我还想看见它老了的样子。

没有马杆套不上最快的马，
没有银饰你怎能美如鲜花。
哈尔哈沙。

一天不见孔雀般妖娆的你，
睡了醒了我怎能心中没你。
哈尔哈沙。
漂亮姑娘就是那苹果树上，
又脆又甜红苹果脖子流香。
哈尔哈沙。
东方亮了启明星闪亮时候，
如果我能酣睡在你怀里头。
哈尔哈沙。

傻傻望着姑娘啊大大眼睛，
悄悄等着你能否给我消息。
哈尔哈沙。

多么希望听你说我也爱你，
多么希望吻吻你腭下香气。
哈尔哈沙。

清茶倒上，

冰糖放上，
你的名字叫什么，
认识一下，
哈尔哈沙。
奶茶倒上，
酥油放上，
你的名字叫什么，
交个朋友，
哈尔哈沙。

——哈萨克族民歌《哈尔哈沙》

贰

从毡房到楼房，再到『毡房』

天马归来

昭苏是西域三十六国的乌孙国，我的家乡巴里坤是西域三十六国的蒲类国。从巴里坤草原我走向了南方，从南方回归昭苏，我才回头对曾经的西域三十六国有了追溯。

站在夏塔沟唐玄奘取经路过的山道，昭苏就像打开的一扇隧道之门，让天马长上翅膀从隧道里飞过。天马滑翔的翅膀飞过夏塔古道，飞过汗腾格里，从草原到山边，从山边到天边。

昭苏，取“喇嘛昭”（圣佑庙）的“昭”字和“六苏门”的“苏”字而得名。在汉语中，“昭”有光明的含意，“苏”即万物复苏萌发，昭苏又有“昭然复苏”“重获生机”之意。哈萨克语称昭苏为“蒙古勒库热”，意为“蒙古族庙宇所在地”。

昭苏的历史可以追溯到一万年前远古时期的新石器时代，那时就已有人类在这里繁衍生息，创造着灿烂的古游牧文化。

昭苏是天马的故乡，传说中的天马是汉武大帝眼里的精灵。《汉书·乌孙传》记载：“天马来兮从西极”“其国多马，富人至四五千匹。”当时乌孙国向汉朝进贡良马，便有了汉武帝亲笔赐名的“天马”美誉。

汉武帝还为天马写下一首诗：“太一贡兮天马下，沾赤汗兮沫流赭。骋容与兮跇万里，今安匹兮龙为友。”

昭苏县被原农业部授予“中国天马之乡”的称号，是国内重要的产马基地之一。

从1992年开始，昭苏举办以“马与世界”为主题的天马国际旅游节，让“牧歌昭苏、天马故乡”走进了世界。

昭苏天马园区集中展示了各种名马。伊犁马(天马)、吉尔吉斯马、库斯塔奈马、吉尔吉斯乳用马、安达卢西亚马、荷兰温血马、英纯血马、阿拉伯马、美国标准马、阿哈捷金马(汗血宝马)、俄罗斯速步马、奥尔洛夫马、阿尔登马、中国矮马。

除了名马，昭苏草原上的每匹马都讲述着一顶毡房、一个牧人跟马的故事。故事里有温暖的情感，有这片土地上人和自然的和谐共存。

从昭苏回到深圳，我一直在寻找关于故乡的远离、漂泊、回望、忧伤的情怀，寻找被汉武帝赞美的天马从西极到大汉的遥远路途。天马是怎么飞跑了如此远的路途被当作贡品献礼？它是忧伤的，还是开心的？它会想念故乡吗？

在姚迪雄先生画的《天马归来》里，我找到了我想要表达的元素。你见过这样美的伊犁昭苏马吗？天马归来，插翅飞翔。姚迪雄先生的《天马归来》，视觉艺术里让灵魂刹那间飞翔的冲击感多有力量和激情！

那时的天马，应该是这种飞翔的感觉。汉武帝见到它，才会被它的气势和美貌征服，才会写下唯一赞美天马的诗。

画家姚迪雄是把天马揉在了他的生命里。在伊犁长大的姚迪雄从小与马为伴，每天早晨将他从睡梦中唤醒的都是草原上骏马的嘶鸣。三岁的时候，他就被大人抱上马背体验骑马。五岁时，他临摹了第一幅马。那匹马是母亲让他用复写纸在白布上画出的第一个图案，是一匹昂着头、一个蹄子踢起来站在草地上的小马。从这匹小马开始，姚迪雄有过八年的农场生活，在农场他每天都画马，画了一百多本速写，每本一百页，每一页上都画上少则三四匹马，多则五六匹马，一直画到成为具有世界影响力的大画家还在画马。

姚迪雄“骑”着自己的“天马”奔跑，他画的伊犁马，线条健美，眼睛明亮，个性善良，可以一跃千里，也可以插翅飞翔，充满了一种勇往直前的精神。

曾有人这样评论姚迪雄画的马：“如果说徐悲鸿先生的马是训练有素的坐骑，那么姚迪雄先生的马就是原野上无拘无束、自由自在、一跃万里的马，带有更多的野性。姚迪雄的马更具有震撼人心的力量——那奔跑着的仿佛不是马，而是一种属于自然与野性的灵魂。”

从画家的艺术里走到草原，草原上的马就有了寻常百姓家的气氛和现场。

喀拉苏乡克西萨尔阔布村第一届赛马现场就把这种牧民与马、草原的生活展现在我们眼前。平时在很远的牧场放牧的牧民，有两千多人参加这场自发的赛马活动。每户牧民把自家干活的马骑来参加比赛，没有马的家里，就借亲戚的马参加。第一名获得者才奖励五十元钱，牧民们都开心地都哈哈笑，他们来参赛不是为了钱，是大家平时很难碰到一起，有一次赛马活动，就可以在一起聚聚，开心热闹。现场有许多牧民，老的带着小的，爸爸妈妈带着孩子，从几个人陆陆续续扩大到一大群人。他们像过节，盛装走进比赛现场观看。有的手里拿着小收音机听着音乐。有个三十多岁的牧民骑马带着孩子，他也来参加比赛，之前他没有拿过名次。

某个十六岁的哈萨克族少年骑着阿塔（爷爷）的马来比赛，虽然才十六岁却有八年的骑马经历。他看见我就笑，我看他笑容灿烂，给他拍了一张照片。

我夸他的马漂亮，他说：“真的？”我说：“真的。”

不参加赛马的，就现场摔跤，弹冬不拉表演。参加叼羊比赛的有三十多岁的成年人，小孩子们骑着自己的马参加比赛。

还有卖矿泉水的。别尔克波力今天卖了六瓶水，他很开心，因为今天是他第一次和朋友来卖水。他才十三岁，第一次尝到了自己做生意的乐趣。他的合作伙伴叶尔波比他小三个月，他说：“叶尔波身体比我大。”他把身体壮说成身体大。我明白了他说的意思后，看着同岁不同个子的两个少年开心地笑起来。他笑自己赚了第一笔钱而感到特别高兴，我笑他把壮说成大。我们各笑各的，笑的程度都一样，很热烈。

上小学六年级的马拉提是第一次参加赛马比赛，他先来到赛场，但马没有跟着来。

我问：“你怎么不骑着马来？”

他说：“马还在干活，干完活等哥哥骑过来。”

比赛时间快到了，马还没有来。我说：“如果来，这么多人，你能找到哥哥吗？”

他说：“能！”

我问他："你不怕摔下来？"他说："不怕，不危险。摔下来有时会被马踩了，但是不会伤很重。"

马的年龄跟牙齿有关，几颗牙齿代表着马有几岁。问马的年龄，要问"几口了"。

牧民们自发组织的赛马活动，没有提供板凳，大家以草为地。安英说："别看各个乡、镇距离昭苏近，每年有的牧民连两趟昭苏县城都去不了。他们转场放牧没有时间去县城，你看，在外面的年轻人都回来了。放牧的马也因为参加比赛从牧场赶过来了。"

赛马场上马蹄奔腾，骑马的少年扬鞭追赶。场地外牧民们喊声阵阵，欢乐声满满。一场普通的牧民自发组织的民间赛马活动，无意中成了更多牧民主动参与的节日庆祝活动，那是草原马的功劳。

这样的场面是我小时候经常看到的场面，是我梦里梦到的场面。这样有人气的民间赛马活动，在昭苏还在持续。

只要有人的欢呼声，有马的嘶鸣，有奔跑的马群，草原就是灵魂的栖息之地。

除了牧场牧人放牧骑行的马，昭苏草原上的马都聚拢在河边，在特克斯河，在南边的夏塔河，在木扎尔特河，在阿克苏河，在阿合亚孜河，在莫英台河，在肯苏河，在吐尔根河，在哈拉干德河，在洪那海河，在昭苏大大小小的四十多条河边。

牧马人随便一声口哨，无论马们在哪条河边，它们都会顺着口哨的方向追赶它们的牧马人。口哨声是马的故乡语言，只有马能懂得。

我在想，如果时光穿越到汉朝，汉武帝吹起口哨，被它写诗赞美的天马会原路返回它的故乡昭苏草原吗?

汉朝的细君公主都化作黄鹄从乌孙国飞回故乡，没有草原的汉朝怎么可能留住天马。

如果那时还有这声口哨，天马一定会归来。

驯马人

男教练巴音别勒克和女教练吉尔格力在大太阳下训练参加昭苏天马节的马术表演，太阳明晃晃地把草原上的草都晒蔫了，教练也没有停下训练。骑在马背上的孩子们跟着教练的口号一遍又一遍地重复着。看到陌生人拿着手机拍照，孩子们竟忘了严格的教练在身旁，挥动着手里的鞭子摆着姿势。两位教练看到这场面，知道再继续训练下去都无法整齐了，就让孩子们喂马后先吃饭。

我问巴音别勒克："这是训练马术队吗？"

他说："这是天马节走方队的礼仪马。有四十匹礼仪马参加开幕式的方队仪式。"

蒙古族教练巴音别勒克显然不喜欢交流，尤其在大太阳下说话，口干舌燥，烤得冒油。他在天马园区做教练九年了，他可是2011年全国民运会3200米马赛的冠军，号称"马王"。2012年全国速度赛马在昭苏天马园区举办，他拿到2000米、3000米马赛冠军。说起这个，他没有感觉太自豪，笑笑算回答。巴音别勒克教练的儿子跟妈妈在一起，听说他骑马也骑得很好。

我问他："以后像你爸一样做个骑手？还拿冠军？"

他不屑地摇头："不，我要做企业家，不做骑马冠军。"

巴音别勒克听到儿子的回答，笑笑出门了，临出门叮嘱：“你找她问你想问的。”

巴教练说的“她”，是女教练吉尔格力。也许他认为，女人找女人聊马才能聊出话题。

女教练吉尔格力

走方队的孩子都来自军马场场部学校，学校挑选了将近四十名学生，除了八名女生，其他都是男生。有初中生，还有小学五年级的学生。

中午休息时，训练马的孩子们给各自的马饮水后，拴在马圈里吃草，有的拿水桶给马洗澡，有的直接拿着水龙头给马冲澡。有的学生已换了衣服准备吃午饭，有的速度快的已经吃完了午饭，坐在马圈的木栅栏上和马说话。看到我们从眼前走过，竟害羞起来，再没有之前在训练场地骑在马上的那种顽皮劲儿。

大太阳底下起劲地叫喊声没了，原来她们也怕陌生人，像巴教练一样。

天马园区还有中国矮马、从贵州、云南引进，在马场繁育起来的。小矮马已经九岁，隔着栏杆，我们站在它跟前，它伸出头，戴着铁嚼子竟然还能吃栅栏下的草皮，草里还有花。矮马很乖，很听话。哈萨克族饲养员把一岁的儿子和五岁的女儿放在它身上，矮马很温柔，也不发脾气。

我跟矮马说话："矮马，过来。"它就随着声音过来，闻着我的手提包。过一会儿，它把头伸得更长，在栅栏外面又吃了一大口草。嚼子戴在它的嘴里，我担心它怎么咀嚼。其实它咀嚼起来很难，它没有表现出困难的样子。又一棵带花的草被卷进它戴嚼子的嘴巴里，那棵草从矮马的嘴唇边慢慢地一毫米一毫米地进入它嘴里。我看不到它下咽的过程，因为它一直在咀嚼。和其他的赛马比起来，每一匹马都比矮马高大威猛，每一匹从赛场下来的马都被骑手牵着，马蹄踩踏水泥地面的声音都很响亮。游客看到矮马，首先会惊讶地脱口而出："那匹马怎么那么小？小马驹？"

矮马个头小，岁数不小了，九岁了。一般赛马的最好年龄是从三岁开始，矮马的年龄超过了赛马的最佳年龄。

我请驯马师把那匹贵州矮马拉过来让张仁艳老师试试身手，她从没有骑过马。张仁艳在驯马师的指导下骑上贵州矮马，从哭声到笑声，一直绕着矮马转圈。

我说：“这是你们贵州的马，你和它算是在他乡遇见了。”

张仁艳在矮马上笑。

等张仁艳老师从贵州矮马上下来，巴教练说的“她”，吉尔格力来了。

吉尔格力在蒙语中是幸福的意思。我也想叫她“幸福”。

她看到我们走近，坐在马休息的场地，说累死了。她的高大威武的黑色马“西域舞者”懂事地站在主人身边，随时听候使唤。幸福的徒弟，十三岁的哈萨克族少年迪娜拉、唐努尔、阿依波塔吃过午饭陪在教练旁边。这几个孩子很小就会骑马。幸福说：“就想把自己学的教给孩子们。但是教孩子操心，一个动作要教几遍。聪明的孩子，身体柔软，马上动作灵活，比赛时有意外也不会伤自己。”幸福说话时，孩子们又插话说：“乔春江。”教练说：“乔春江是谁？”孩子们说：“是老师。”

在教练面前顽皮的孩子，总是打断问话。幸福让徒弟们回房休息去了。

黑马“西域舞者”时不时地尥蹶子，它在对主人示威。

幸福的脸布满了紫外线斑，一个女人长时间在太阳底下大晒，脸上“地图”就是代价。幸福当过导游、解说员。她原来是骑手，经常在天马园区参加马场马术、马上表演。

她说，什么活都干，骑马就骑马，说当教练就带孩子，说当导游讲解她就讲解。

幸福在2002年到2012年的10年间，去过北京龙脉温泉马术俱乐部接受过马场马术及理论实际课程学习；在北京格林马术培训基地从事马场马术及障碍练习，参加俱乐部障碍赛事活动获得过荣誉；在北京花园马术俱乐部从事过马术工作。

她是极少数在北京有过学习经验的蒙古族骑术女教练，在昭苏她算第一个。

2012年，幸福才真正回到家乡从事马术工作，在昭苏马场工作期间她参加了不少马产业的培训，积累了多年的工作经验，也带出很多参加夏令营的学生。

幸福说："没有马，我不知道一生这么长该怎么度过。"

她才三十二岁，就觉得一生很长。

她觉得很长的人生里装着复杂的身世，我没有问怎么复杂。

"我就是一个多余的人，是一个最不幸的人，从小到大受了太多的苦，因为生长在很复杂的家庭环境里，所以总是很自卑、很忧伤，在我成长的过程中只有马是我最好的朋友。"

幸福说："我从小就生长在昭苏喀尔坎特大草原，生长在牧民家，与天马为伴一起长大，自从懂事、会骑马开始就很喜欢马。很小的时候就骑着马放过羊，挤过牛奶，跟着家人在草原上、在山沟里，不管是炎热的夏天，还是寒冷的冬天，起早贪黑放过很多的牲畜。在这些年，有过苦，有过泪，有过幸福。在难过的时候，在我伤心的时候，在心情不好的时候，只要我骑着马跑到空旷的草原上、跑到河边、跑到山峰上，所有的烦恼都会没了。

从小到大骑过很多马，每一匹都跟我很有感情。

小时候有一匹黑骝马让我印象最深刻。每当放假的时候我都会去牧场，会骑我的这匹黑骝马，我骑了有两年多。有一年冬天，我们把马放到外面草原上，马就被小偷偷走了。我当时很伤心，哭了好几天。”

因为马，幸福离开过家乡十年去找远方。因为马，幸福又回到了家乡，在这片有天马的草原上，她成为孩子们的骑马教练。

幸福的眼神一直很忧伤，原来在她忧伤的表情里藏着她无法告诉别人的故事。

只要她每天和马在一起，她就开心。马背上的民族，还有蒙古族。她是马背民族的骑马女英雄。

“西域舞者”是幸福的忠实跟班，它受到的最高待遇是，幸福每天早晨起床后首先给它刷毛、佩戴马鞍，还要把它牵到马场开始四十分钟的自由骑行，让“西域舞者”舒筋活血、伸展四肢、飞快奔跑，像在赛马场上那样冲刺。

好马是训练出来的，好马还得有好的教练、好的牧场。

“西域舞者”有教练“幸福”，那是马的幸福。因为“西域舞者”还有一片它不曾离开的幸福草原。

军马场

陈荣江老师陪我们一周时间了，我还一直以为他就是昭苏人。他说一口新疆土话，在新疆当过兵，我怎么也没有把他跟江苏联系在一起。

他的老家是江苏，爸爸支边来到昭苏军马场，他理所当然就成了军马场的“边二代”。

陈老师开着车，总会不寂寞。他会把他的故事全部讲给我们听。因为他在军马场跟这里的人们太熟悉了，人们都知道他，他也知道所有的人，给熟悉的人讲故事是没有兴趣的，大家都认为陈老师爱吹牛。更重要的是，我们属于爱挖故事的人，如此陈老师的故事就成了我们在车上前行时的笑料。

陈老师十八岁当兵，退伍后赶着20世纪80年代的末尾还新潮了一段时间。他穿着大红色的西装、红色衬衣、红色喇叭裤、黑色马靴，在伊宁的大街上唱着《小花》里的插曲招摇过市。那时，他还没有喜欢上摄影，却把自己打扮成一个美国西部牛仔。他像伊宁街上一片红色的风景，引人注目。其实他特想留在伊宁做一片城市里红色的流云，可是现实太残酷，他没有留在伊宁，还是回到了昭苏军马场他的出生地。当兵是为了离开军马场，结果又回到了原地。

从希望到失望，从梦想到破灭打回原形，他从此踏踏实实开始了养马、种地、看护马场的正事。他和马场的哈萨克族、蒙古族、维吾尔族、汉族、回族、俄罗斯族、塔吉克族、柯尔克孜族、满族、壮族牧民们成了兄弟朋友。

在种地、放马的空隙，他觉得生活还应该有一些年轻时幻想过的那片红色的流云，有一份色彩。昭苏的美景太多、马群太多，天上的云彩好美，于是他就背着尼康、佳能相机跟着马群和云彩拍照片。

这一拍就拍了二十多年。

陈老师的手长时间在外面暴晒，手背已经有很厚的斑，斑上面是白色的圈，一圈又一圈像流云。一个军马场的农民，在种地之余把所有的业余时间都用在拍马、拍昭苏的风景上，那也是有理想的人。他内心的梦想一直都在，仅仅被自己掩盖了。

有一次陈老师没有带照相机，开车行走中看到眼前的云彩像四匹骏马在草原上奔驰，他赶快停下车，用手机拍下了云彩的形状。这张照片被中央级的杂志选用。

“航作家，张画家，赶快准备出发拍大片。”每次采访回到宾馆后，陈老师在军马场的家里会突然发送信息给我们，他又看到了天边夕阳下美丽的云彩。

昭苏一年四季，哪里可以拍到最好的景，哪里可以在白天的什么时候、在哪里等，陈老师什么都知道，简直就是“活地图”。

昭苏解放桥，早晨六点多，有雾，雾里有山、马群、毡房、河水；早晨太阳初升时，阳光打在雾里，像人间仙境。我们有三个早晨凌晨六点多起床往解放桥赶，亲眼见证了用辛苦换来的仙境世界。

白天忙时，陈老师还要赶回军马场的家里给地里的麦苗打农药，房子装修中出现了问题，他也得去跟装修的人谈价格。他陪着我们采访是义务服务，没有工钱。

我们让他讲讲军马场，他说，他讲不出来，军马场有个张老师很会讲。提起张老师，他一个电话就把张老师叫来了。

军马场和马的故事是张老师记忆里的温暖的过去，现在的军马场已经不是最早的经济马场，也不是之前供应部队的军马场。

张老师说：“1662年，国家边境用的都是骑兵，新疆有四个军马场。”除了昭苏军马场，我的家乡巴里坤军马场也是四个军马场之一。

张老师从内地来昭苏时刚过完十三岁生日。他记得当时昭苏的冬天好冷，没有绿色，没有苹果树。他来昭苏以后，才有人开始种苹果树了。

昭苏军马场的马，最早的妈妈是伊犁土马、爸爸是西欧马。

马很通人性，主人对马的感情很深，马就对主人很专一。张老师说，很早有一个真实的故事，一个战士在战场上负伤了，战士赶马走不用管他。结果战马不走，马打着响鼻，卧倒后用牙齿把战士放在马背上送回后方。这就是马对人的感情。当时“唐山大地震”后，军马场各民族人民纷纷捐马，哈萨克族朋友捐马最多。当时领导发动捐马，马场的人一呼百应，很有凝聚力。捐的马由汽车拉到乌鲁木齐后，再用火车运送到唐山。

张老师在军马场学校教了一辈子书，现在已经退休了。他是军马场的“活字典”，谁有问题都来找他。

军马场原来有一千七百多人，有十多个民族。大家生活在一起像自家人。在军马场，回族人跟维吾尔族人通婚，哈萨克族人跟维吾尔族人、回族人通婚，蒙古族人跟回族人通婚。不管什么民族，关系都很好。20世纪七八十年代，汉族人过年，其他民族人纷纷到汉族人家里过年，哈萨克族人、维吾尔族人、回族人过年，汉族人和其他民族的人也去拜年。

“一个字，淳朴。”

我们笑张老师：“两个字了。”他也笑。他说：“说真心话，当时的军马场的人都很淳朴。”

张老师说，那时大家都穷，但都会互相帮助，谁都不嫌弃谁。谁家有好吃的了，都会叫上大家一起吃。那时没有饭馆，请客都在自己家里。

你们不知道，以前狼是吃人的。哈萨克族人发动部落的人骑马找到吃人的狼，把狼打死了，从此狼再没有吃过人。

“这不是杜撰，是真事。”张老师肯定地加强语气。

哈萨克族人有很多的优秀品质，他们对财富的守护不掠夺，他们认为祖宗留下的遗产是属于客人的。再贫穷的毡房，都会把乞丐留下来过夜。如果把乞丐从家门前赶走，这个毡房里的人会被其他人指责的。过去大草原没有旅馆、食堂，不管什么人来，熟悉的、陌生的，哈萨克族人烧茶、吃馕来待客的古朴民风保存到现在。因为以前居住分散，一个房子在这儿，一个在那儿，无法开饭馆、开旅店。过去也没有手机，碰上家里结婚的，家里人需要骑马到山里告诉亲戚。路太远，只能路过毡房，歇歇脚再走。就这样，每一个毡房都不会拒绝陌生人下马进来落落脚。

现在的哈萨克族人四代同堂、三代同堂的很多，小的敬重老人、孝顺老人，儿媳听婆婆的话、尊重婆婆，都是好的家风和优良传统。哈萨克族人吃饭前祷告，吃完饭后也祷告："感谢安拉赐予我们的饭食。"那是敬畏生命和粮食。人没有敬畏的心，什么都不害怕了，那不行！

草原上有一种鸟叫雁鹅，就是鸿雁。这种鸟，它们甚至在哈萨克斯坦国吃过粮食，再飞回来。雁鹅飞起来把半个天空都遮挡了。昭苏就有很多雁鹅，秋去春回。

蜜蜂有蜂语，用翅膀传递情怀。人也是会恋故土的。

张老师的同班同学有十多个是哈萨克族，他们的爷爷都来自哈萨克斯坦，现在一半回到哈萨克斯坦了。剩下的几个是军马场的，也都留在了马场。

"你不回老家看看？"

张老师说："会回去看看的。故乡都没有亲人了，也还是要看看。"

谈起故乡，陈老师、张老师和我都有些沉默。

长脖子雁，往哪里去？哪里有水，去哪里。我小时候的儿歌响在耳边，雁鹅扇动着翅膀在春天的巴里坤草原排成长队飞回来的壮观画面一直在我脑海里回放。年少时抬起头仰望雁鹅的时代已经离我们有些远了，那个画面留给了我身后的巴里坤草原。

在昭苏的特克斯河边，雁鹅仍然排成长队在早晨和晚上飞回，在河里栖息。

我们吃着新疆拌面，呼斯楞的纯蒙语《鸿雁》就响在我们的耳朵里。雁鹅都无法离开的故乡，人怎么可以忘记？

鸿雁天空上
对对排成行
江水长
秋草黄
草原上琴声忧伤
鸿雁向南方
飞过芦苇荡
天苍茫
雁何往
心中是北方家乡
鸿雁北归还
带上我的思念
歌声远
琴声长
草原上春意暖
鸿雁向苍天
天空有多遥远
酒喝干再斟满
今夜不醉不还

——《鸿雁》

苏吾克托海

来到苏吾克托海，我要感谢阿依苏阿克。这个十三岁的女孩在乌苏国际长跑赛二十一公里赛程里获得冠军，另一个女孩苏布托海获得第五名。她们都来自苏吾克托海学校，她们的校长是巴合提努尔。

因为阿依苏阿克，我才来到了苏吾克托海学校，意外见到了因足球而快乐的女子足球队员们，见到了这个让孩子们快乐的校长巴合提努尔。

阿依苏阿克为了比赛，把头发剪成短发，像个小男孩。她都站在我面前了，我还喊着："阿依苏阿克！"

我喊着，她也不答应。她就笑着，站在我眼前，仔细看，能看到她美丽的眼睛、害羞的微笑。

她们还要赶着参加另一场比赛，匆匆跟我在昭苏县城话别。

我心里念着苏吾克托海，就来到阿依苏阿克的学校。

阳光下，这些还从没有离开过家乡草原的孩子，连说话的表情、动作、语言都属于家乡。她们的脸蛋被紫外线晒得黑红黑红。

黑红的脸上找不到一霎那间的忧愁和别离。家在，她们的心就安。

女足学生们在阳光下训练踢足球，休息期间跟我争分夺秒快聊几句，说话像踢足球的速度，一句追着一句。

天山脚下的足球小将1

“训练运动量大，我们很能吃的，吃肉厉害。”

“喝马奶子更厉害，每天喝八碗马奶子。”

“八碗马奶子，喝到孩子们的胃里，喝不醉人？还能在训练场上跑来跑去？”我问。

女子足球队员们哈哈哈哈笑着：“从小习惯了，不会醉。”

“老师，马奶子是喝到肚子里的，胃里盛不下。”

“在学校怎么能喝上马奶子？”

“爸爸骑马送到学校的。”

“不喝马奶子我们没有那么大的运动量。”

“我们现在好想喝一碗酸酸的凉凉的马奶子。”

她们开始面对陌生人的我是不说话的，但说起吃肉、喝马奶子时我们就拥有了共同的话题。她们再说时，都抢着说，不用我问。

“以前我们都白白的，大人们都叫我们白丫头。现在都晒得黑黑的，大人叫我们黑丫头。踢足球把我们从白丫头变成黑丫头了。”

“我们的教练原来也白白的、胖胖的，现在黑黑的、瘦瘦的。你看我们的巴校长，也晒得黑黑的了。”

苏吾克托海学校的青少年女子足球队的学生们七嘴八舌地给我说她们晒黑的经历时，学校对面的天山汗腾格里峰皑皑的雪线清晰地被阳光照耀着。六月的昭苏，中午的阳光还是很干很热，能把人的皮肤晒焦。女孩子们在外面训练踢球，她们的脸首当其冲成为太阳的焦点。

“教练努尔沙德合原来是排球教练，现在教我们足球。他能高空停球、带球过人，好厉害。教练骑马也骑得好，会跳足球舞。教练在全国美术比赛上还拿过金奖，银奖，铜奖。”

天山脚下的足球小将2

教练远远地站着，不知道这些学生在夸他。

苏吾克托海学校的巴合提努尔校长，就像学生们说的，脸也黑黑的。学生们训练，他也跟着。

巴校长说，苏吾克托海，在哈萨克语中的意思是“寒冷的森林”。昭苏是伊犁州最冷的县，苏吾克托海是昭苏最冷的乡，每年十一月到第二年三月，苏吾克托海一直下雪。

“‘在最寒冷的地方，有最火热的校园足球。’这是我们给学生们的体育运动，锻炼学生的基本素质，还能参加县里的体育比赛。”

苏吾克托海学校是一所九年制的哈萨克族母语学校，有七百多名学生都是附近牧民的孩子。每年三月，春季来临，牧民们就要离家放牧，孩子们也要迎来八个月的独立生活——自己做饭、做家务、上学，或被寄放到亲戚家，一直到十一月父母转场回来。

“在缺乏父母陪伴时，足球就成为孩子们最好的伙伴。”巴合提努尔说。

他说话的时候，他的牙齿显得很白。

学校没有专门的塑胶跑道，也没有专门的足球场地。平时训练就在学校的操场上跑步、踢球。有专门的比赛时，他们会借用县城育英学校的专业足球场地集中训练半个月。

在坑坑洼洼的操场上，没有说话的学生还在欢快地跑步，有的在踢球。

苏吾克托海学校的足球队是2010年组织起来的，2011年，参加昭苏县乡级的体育比赛还获过奖，在2015年新疆维吾尔自治区女子足球赛拿过全疆二等奖。

学校的女子足球队员们都是七岁到十三岁的学生。她们自发统一成世界杯的穿衣风格。在校长跟我们说话的间隙，她们雀跃地插上一句：“我们要向世界杯球星看齐，踢好足球。”

再上来一个解释的：“老师，不是所有的人都能选世界杯明星球衣号，只有踢球成绩好的才可以选明星球衣号的。”

C罗的球衣号，阿勒腾阿依，踢7号中前锋。她才十三岁，是球队里力量最大的。在所有的比赛里，她的脚力特厉害，从前门能踢到后门。

一片笑声后继续。

小罗球衣号，内马11号。

世界杯最佳后卫奖，卡西拉斯，诺一尔4号。宁愿选择后卫，踢足球两年了，足球可以带来快乐。

梅西的10号，是木卡拉，喜欢梅西，左前锋。没有上学时就跟哥哥们一起踢足球，自己家的草场和农田就是足球场。

我们都是喝马奶子长大的，希望我们所有成员都能进国家队，为祖国的足球争光。

女孩子们的声音响亮，似乎明天大家进国家队的愿望就能实现。在没有专业足球场地训练、没有塑胶场地跑步的边远山区苏吾克托海学校的旗杆上，还飘扬着鲜红的国旗。

从苏吾克托海学校翻过山，山后面就是哈萨克斯坦。中国和哈萨克斯坦的边境之距离近到咫尺，山这边是她们的家乡。

在家乡的草原上，连家门都没有出去过的孩子们，喝着马奶子长大的孩子们，心里想的是为祖国争光。她们太想进国家队，为国家踢足球了。

我站在巴校长的身边，心里被这些天真的孩子们的话掀起阵阵涟漪，那涟漪是激动的、滚热的，就像小时候的梦想、理想一样，还燃烧着。

苏吾克托海学校的留守孩子们，梦想着怎么进入国家队为中国的女子足球队增添她们的脚力。

她们觉得，马奶子的劲很大，从小喝马奶子的她们有足够的力量能把足球完美地穿过球门。

校园里的树是老师和学生们种的，郁郁葱葱。坑坑洼洼的操场积聚着一些雨水，蓝天映衬着这所飘扬着国旗的学校，红旗更红，蓝天更蓝，山边的白云更白。

那些重叠出来的独特的语言词汇，如黑黑的、白白的、红红的等词只属于这片草原，还有这片草原上想进国家队的孩子们。

她们说出梦想的时候，她们的父母还在遥远的牧场放牧。一年里有多半时间她们见不到父母，没有父母陪伴，她们也没有走出过家门、走进城里。陪伴她们的是足球、同学、教练、校长。

她们是草原上的“留守孩子”，因为学校的足球给了她们快乐。

我看不到她们内心的孤独，我看到的是她们透亮的人生。那些透亮得没有经过思考，像钢镚儿一样的话语也透亮着、明亮着，从她们透亮的内心里一个字一个字蹦出来，个个晶光闪闪。

把天马画在服装上的女人

薛凤仙动不动说我们昭苏怎么怎么时，我一直以为她出生在昭苏、长在昭苏，是地地道道的昭苏人。

她翻出手机里的照片，是她穿着跟油菜花和紫苏相同色的衣服站在满山遍野的黄色里和紫色里。她说，你看我们的昭苏美不美，你们夏天来就是这个色彩，冬天白色的景也很好看。

我盯着她表情丰富的脸研究着她，什么样的生活能让一个女人如此爱她的家乡。

眼前是她的服装厂，踩缝纫机的声音飘满整个车间，干活的大都是哈萨克族女工。

从她的脸上把眼光转移到车间女工身上后，她马上反转话题："现在招工很难，要不是这些哈萨克族女工帮我，我的服装厂都没有人干活了。活很多，订单很多，就是干活的人少。"

从她的言谈里，我更相信她是昭苏人。

来到她的办公区域，看到一排画着马的裙子，裙子的颜色恰到好处地凸显每匹活灵活现的马。

这是她以"天马故乡"为主题设计的系列服装在亚欧丝绸之路服装节上获十佳的作品。听说，模特穿着她设计的服装刚一上场，就让国内外专家评审眼前一亮。她记住了评审专家们那一亮时的眼神和表情。就为这个，她在现场眼泪一下子就出来了，她想，获奖不获奖不重要，重要的是评审的反应给她带来了设计的信心。

我由此更相信她是昭苏人，一个土生土长，吸取天地精华，把出生地的谷物气息都吸到骨髓里的女人，也一定是天天吃羊肚菌酸汤揪片子、喝酸奶、吃奶疙瘩的女人吧。

这个把天马画在服装上的女人，是用什么样的热爱来爱一个让她依恋的地方？我终于忍不住问她：“你是昭苏人？”

她想都没有想，开口就答：“昭苏人。”

“你出生地也是昭苏？”

她愣了一下，竟有点恍惚。应该时间太久了没有人问过她关于出生地和家乡同样的问题。她迟缓了一会儿才说：“甘肃，一个叫永登县玉山村浪儿沟的小山村。”

1973年的薛凤仙，出生的浪儿沟是一个只有十几户人家的村庄，她出生时，村子里就没有电、没有水；而且那个村只有一个姓氏，全村一百多号人都姓薛。浪儿沟从来没有外来姓，也没有外来人口。似乎这个村子年代很久了，久到没有人问过为什么只有一个姓。

二十多年，薛凤仙在昭苏生活的时间都长过了她在老家出生地浪儿沟的时间。如果不是我问起，这个浪儿沟已经在她心里沉底了。

难怪我问薛凤仙是哪里人时，她说“昭苏人”。

薛凤仙的爷爷、奶奶、爸爸、妈妈都是地道的农民，家有姊妹四个，两个哥哥，一个姐姐，她是最小的。她的爸爸、二叔、小姑、姐姐都是裁缝，她们家是裁缝世家。爸爸特别能干，薛凤仙从记事起就知道爸爸什么都会，看见什么活一看就学会了。薛凤仙姐妹们的优点都随了爸爸。

1992年，薛凤仙的二姐来新疆投奔昭苏的一个叔伯哥哥。她的哥哥在新疆当兵，转业后也留在了昭苏。

1993年，姐姐在昭苏开了个小裁缝店，马上就把上完初中的薛凤仙也叫来昭苏。

薛凤仙来昭苏就住在姐姐家，姐姐的家庭状况也不好，她不想拖累姐姐一家，就托嫂子帮忙找到邮政局当临时工，一边工作一边自学汉语言文学大专。1997年她成家了，老公那个时候也是一个临时工，工资不高，有了孩子后，她就去给别人打工学裁缝。在裁缝店时，她在浪儿沟的生活重新回来了，她甚至特别想家，想爸妈，想家里的饭，想家里的缝纫机。她没有想到走了那么远，连家都丢了，到头来还是做在家时的老本行。

十六岁在家里，就会做衣服裤子，现在自己都有孩子了，做的还是十六岁的活。

她学得很快，学了四个月就自己开店了。当时别人都不相信一个外地来的她怎么这么快就自己开店了。

她从叔叔给的裁剪书、嫂子订的上海服饰杂志里找到了她要的东西。她想不明白的问题，都在书上找到了答案。她开始自己设计服装款式，自己收徒弟，活多得干不完。日子总算是好过了，浪儿沟也在她忙碌的生活中一点点地全部剥离、断裂，忙碌的日子也把她修复成地地道道的昭苏人。

外地人这个词从别人嘴里消失的时候也在她的心底消失了。

昭苏像一个庞大的磁场，吸入她的身心，她忘记了浪儿沟后就成了昭苏人。

一次偶然的机会，薛凤仙接触到少数民族的艾德莱斯服饰，其轻柔的面料、独特的花色让她怦然心动。她突然就想用这样的面料把昭苏的天马画在上面，可是怎么把衣服和天马文化结合，成了她心里的一块心病。

她在工厂想、在家里想，想不出来时，她就用废料在自己家院子里搭上布料顶棚。木架子是她自己做的，布料顶棚是她自己一块块拼起来做的。

我们抬头看到不同颜色的顶棚，我说：“你搭的就是这个？”

她爽爽地笑着：“所有人都不相信，一个女人怎么可以做到。”她搭着梯子踩着凳子上的顶棚。男人都很难做到的事，她把各种颜色的布料缝到木头顶棚上。她家里的房子摆放着缝纫机、熨烫机，桌子上摆满了图纸，地上摆放着各种布料，房间还挂着各种款式的春、夏、秋、冬四季的衣服，都是她设计的。

比赛得奖的天马服装系列，就是在家里画出来贴在衣服上的。

看了她搭的布料院子顶棚，只要她想做，没有她做不了的事。因为她太喜欢把做不出来的事做出来，没有人能阻拦。

她的天马服饰不仅获得新疆服装设计十佳设计师奖，还获得了十三种马图案服装设计专利。一个不会画画、没有去专业美术学校上过一天学、拿过一次画笔的女人，却把天马画在了她的服装上。那些五颜六色的天马竟活在她的设计里，无人不赞美。

我从天马园里看到健壮的马，从画家的画里看到了飞天的马，在薛凤仙的服装里看到了妩媚、流动、飘逸、活着的马的精灵。

现在薛凤仙又开始琢磨油菜花的图案，油菜花叶的花瓣透明得像蜻蜓的翅膀，色彩灵动、叶片灵动。她想把油菜花的图案装饰在她设计的服装上，画成什么样的图案，她开始想了。她有事没有事，都戴着各种丝巾、穿上各种颜色的衣服深入油菜花田里，色彩融合、内心契合的应该是她最想要的图案。

以后薛凤仙的服装就是昭苏的服饰文化品牌，有昭苏的天马，有昭苏的油菜花，有人们想象的昭苏。

唯独没有她的浪儿沟，那条故乡的路已经远离她很远很远了，远到她都无法想起，无法把它放在心里成为故乡。

他的眼里是野花的故乡

“敬松老师，如果我没有恐高症，我可以当你的助手跟你一起采集野花标本。”

敬松老师上着山坡连气都不喘一下，回头看着山下的我说：“等于说，你没有说。”

我说：“我说了呀。”他说：“你有恐高症，采集标本要上高山，有时可能是悬崖，你根本就做不了这份工作。”

我颓废地站在山下，等待着敬松老师他们返回。所有高山，都是我颓废的地标。在恐高症面前，我无法勇敢起来。

敬松老师六十多岁了，爬山比年轻人还厉害，山对于他就像平地。

阿克苏山沟的野花因为没有过多地被羊群啃食，品种多，而且还没有被人采集过。

“主要是哈萨克族牧民保护得好。”敬松老师说。他指着这条山沟，继续说：“之前有位领导来考察这条沟，一行人想进围栏里面看看，结果牧民不让跨进围栏半步。随行人员说是领导考察，牧民说，谁都不行，我们不让任何人破坏草场。领导当时还表扬了这位牧民，说坚持原则，才能保护好马、牛、羊的生命线。”

敬松老师说的这件事跟我们所见的加苏扎克老师的行为一致。在这条无人的山沟里，我们都对这个未曾见面的牧民表示了敬意。

敬松老师是伊犁州从事中药检验四十多年的老专家，他退休后又受聘到伊犁州昭苏农业科技示范园，负责昭苏种质资源圃的建设工作。每周他都要坐五个多小时的长途车从伊宁来到昭苏，带领种质资源圃的人到山里采集各种中药材原植物，移植到资源圃进行培育，建立昭苏高原植物基因库；并采集中药材和野花标本，制作大量的植物蜡叶标本。四十多年来，他收集的中草药标本达一千多种，他手机里的图片除了美景就是艳丽的野花，有几万张照片。

敬松老师说，他建议昭苏县把蓝蓟作为昭苏的城市市花。蓝蓟是昭苏特有的一种高原植物，它的花期长，从五月底开花一直到十月下雪时花才凋谢，适合昭苏寒冷气候。蓝紫色、粉红色的花，长长的花蕊伸出花瓣之外，十分艳丽。

2016年7月1日，在阿克苏沟，敬松老师下车直接踩着石头就上山，下雨的山上，路滑，敬松老师像走平地一样，真叫健步如飞。他们去的山路，我都在掉队，我恐高，上不了陡险的山。

每采一种标本，敬松老师都要拍几张照片留作记录。他不是摄影师，他拍的标本照片像艺术照，精美绝伦。他是用情怀拍照，每个标本的照片里都是他浸入的心血。我们采集了森林水苏、新疆党参、独丽花、鹿蹄草、斑叶兰。夏季的昭苏草原和山沟里处处是鲜花盛开，黄色的叫野罂粟，蓝色的叫花葱。野蔷薇有红色、黄色和白色的，叶片像玫瑰叶，花像梅花花瓣。天山亚麻，开粉红色花，数朵一簇，叶子像亚麻。

野生郁金香是荷兰郁金香的原种，仅仅比荷兰郁金香叶片和花瓣稍小，在昭苏草原上分布着数十万亩面积的野生郁金香。每年初春四月，竞相开放，一望无际鲜黄色的野生郁金香让人流连忘返，引来了大批的游客和摄影爱好者。

水杨梅的果实像杨梅。瓦韦、水龙骨是蕨类植物，不会开花，它的叶子背面长满了孢子囊，囊内充满了细小的孢子，也就是它的种子，成熟后随风飞走，飞到适宜的环境就会在那里长出新的幼苗。

在喀夏加尔，敬松老师会随时让司机停下车，随手又采了独行菜、香藜、秦艽、狗尾巴草。

在阿克苏沟，我们跟着敬松老师，从每一种采集的野花标本开始学习，每一种野花都是很名贵的中药材。野花不跟群花争妍，独在山野吸附天地精华，再回馈人类。

谁说做一朵花是独自为自己开放？

山野沟壑，我们就从车前草、蒲公英、党参这些普通人都知道的野花开始寻找。找到一朵不同的野花都会问敬松老师这朵花的学名、用途。野花太多，花和名字一时也不容易记住。芳香新塔花、百里香、密花香薷、全叶青兰都是唇形科植物，芳香扑鼻并可以治感冒。母菊、新疆鼠尾草、新疆紫草、昭苏滇紫草、天山蜡菊、狭叶红景天、千叶蓍、贯叶金丝桃、缬草、红豆草、天仙子、板蓝根、柳兰、千里光、黄芪、独尾草、大叶橐吾、新疆大黄、北极果、爬地柏、鳞毛蕨、铁角蕨、龙葵、草原糙苏、一枝黄花、八宝景天。这些有名的野花，你没有听说过的我们都见过，你见过的不会比我们一天里见过的多。

准噶尔乌头的蓝紫色花，像小鸟一样，老鹳草的果实像鹳雀的嘴巴长长地伸出。驼舌草的花絮比叶子长，奇特的是它的花瓣谢而不落，且仍保持着鲜艳的色彩，很适宜插花。卷耳鲜嫩的叶子和洁白的小花是一种爽口的野菜。红门兰的叶子像玉米叶，花红红的，像火炬开在头顶上，它那肥厚的肉质根像手掌白白的，几个支根如手指，故又被称为“手掌参”，具有类似人参的滋补作用。新疆大黄的花葶有酸酸的味道，当地牧民常把它当水果吃，又叫酸杆子，其根入药有泻下的作用。牛蒡子、苍耳、大蓟的果实带刺，就是我们常说的毛毛球，常粘在羊身上。

敬松老师说，其实每一种野花都是一种中药材标本，他指导昭苏农业科技示范园已经把一百五十多种野生中药材采集、移植到四十二亩的资源圃里。密花香薷长得最多，马上就要全部开花，它的花瓣是紫红色的毛球，掩藏在浓密的叶子里。

有一棵荨麻被当作益母草挖回来种了，一下子这棵荨麻又复制了许多棵荨麻。敬松老师在四十二亩的资源圃里解读着每一种从山沟里移植过来的花草，叫着它们的名字。

从阿克苏沟到昭苏种质资源圃，我们跟着敬松老师学习、认识了这一生都没有学到的知识，更多关于野花的知识是平生头一次触碰。

接近大自然，跟大自然里的野花亲近，是我们在昭苏草原上的另一种人生体验。这么多野花，在没有被采集为标本前，都和青草露水一起进入了昭苏的马、牛、羊的胃里。

我们一天采集了一百多种野花标本，没有来得及采集的野花可能还在山野里开放。那么，昭苏的马、牛、羊每天会吃进肚子里的鲜花有多少棵？难怪大尾巴羊肥美体壮也能在山里奔跑。

在昭苏，我从敬松老师身上了解到的仅仅是冰山一角，敬松老师没有过多跟我们介绍他自己，也没有具体说他工作时跑了多少山沟、采集了多少标本、做了哪些鲜为人知的事。他严谨的工作态度、对事务认真、敬业的作风已经让我知道他不是一个寻常的专家。

一直到后来，我在网上把敬松老师的名字输入，才知道了他在三十多年前就在做常人想做也做不了的事。

从1985年《伊犁日报》发表的第一封读者来信，呼吁保护新疆阿魏开始，敬松便开始了延续三十多年的新疆阿魏保护之旅。在新疆药学界，敬松绝对称得上是新疆阿魏保护第一人，他亲眼目睹新疆阿魏在伊宁县拜什墩这片广袤山区草原上的繁荣和凋零，并见证了这个物种如何成为濒危保护物种的历史。中国只有新疆才生长这种阿魏，采收阿魏与橡胶相似，在开花期间，将茎自上而下分次切开表皮，即有乳白色的汁液流出，收集乳汁，上面用树叶覆盖，约经十天，乳汁凝固如脂，即为名贵的阿魏药材。阿魏味性辛温，具有理气消肿、活血消痞、驱虫祛痰的功效。在新疆阿魏开花死亡后，其块根在土壤中分解成碎屑，第二年春天就会长出阿魏菇，阿魏菇仅生长在天山以北高寒地区长久日照的戈壁滩上，其形状独特，具有特殊的香气，肉质脆滑，富含人体必需的各种氨基酸、蛋白质、葡聚糖(可以提高人体免疫力)等，是世上稀有的食药两用菌，珍稀罕见，尤甚鲍鱼，具有相当高的营养价值。阿魏菇含有的葡聚糖高达9%，能显著提高人体的免疫力，选择性地杀灭肌体内的肿瘤细胞，增强肿瘤病人的抵抗免疫能力。其中还含有较高的亚油酸，具有美容、抗衰老的作用。

网上关于敬松老师的文字让我心头滚热：一个把一生都奉献给植物学研究的专家，他走遍了新疆伊犁的山山沟壑，他是另一种意义上

的地理学家。他却普通到一身布衣、一个挎包、一个水壶，在他想去的山沟找他想找的野花标本。甚至退休了、超龄了，他仍然往返坐长途车，住便宜的宾馆，吃简单的饭食，不给国家添麻烦。

敬松老师告诉我们，为了发掘研究伊犁的中药材，近年来，中国医学科学院、大连大学、西南交通大学、新疆科学院生态所、新疆药物研究所的专家们来伊犁，都要找他对接，以寻找采集伊犁的中药材标本及样品，每次敬松老师都能成功地找到他们所需的中药材标本。

在昭苏，因为敬松老师，我们对草原、对草场、对哈萨克这个民族都有了全新的认识。我们所理解的草原，是祖祖辈辈的游牧民族把他们的家和生命都连在一起的牧场，逐水草而居，并用生命保护着草原的生命。

敬松老师的家在四川，他出生的四川开县早已被划入重庆市，但敬松老师仍习惯说故乡是四川。他父亲是跟随王震将军解放新疆的军人，他六岁时随母亲来到了新疆，至今在伊犁生活近六十年了。年近九旬高龄的父母在北京跟敬松老师的两个妹妹生活在一起。敬松老师的儿子在东北工作，而他却带着老伴仍然在伊犁，为第二故乡、为伊犁、为昭苏奉献着一个植物专家的全部智慧。

敬松老师一直把伊犁看作自己的家乡。

别人问他家在哪里？他第一反应就是伊犁。这个地名从他六岁开始一直长在他的生命里，像那些草原上的野花的名字一样，无论那些野花生长在哪里，他都能识出花的名字，过目不忘。

他的眼里是野花的故乡。

加苏扎克

1932年，卫国战争后，有上千名从战场上活下来的军人们，因无法忍受当时的沙俄政权的荼毒，在一个漆黑的晚上从哈萨克斯坦逃到昭苏边境，并在边境牧场开始了他们的游牧新生活。

这批逃亡的军人都是1916年参加卫国战争的，当时每家有男人的都得参战，家里没有男人的，牲畜就会被征用。

加苏扎克老师的爷爷就在这批逃亡的军人里，并幸运地在昭苏边境牧场活下来娶妻生子。

加苏扎克老师的爷爷有五个儿子、两个女儿。爸爸是爷爷的长子，爸爸的四个弟弟、两个妹妹很早也生活在昭苏。爸爸的二弟在十年前全家搬到了哈萨克斯坦。爸爸老了就跟三弟一家在灯塔牧场。

加老师说，十八岁前他记得家里有一百亩草场，他小时候一直帮爸爸放牧。不管上学放学后，还是暑假、寒假，他总是在牧场帮忙。

爸爸生在灯塔牧场，他也出生在灯塔牧场，爷爷的故乡对他们而言仅仅是永远都回不去的一段记忆。

在加老师的追忆里，五十年前的游牧民族都很辛苦，其中搬家是最辛苦的事。小时候搬家，在早晨八点钟，父亲就把全家召集起来安排搬毡房的事。除了刚生下来的小羊，把小孩放在骆驼和马背上，其他的人必须走路赶着羊群、马和牛转场。因为路途遥远，爸爸怕大人骑马把马累倒了，就到达不了转场的地方。一年四季，每个季度转一次场。

在我们看到羊群、马群转场无比高兴时，有过搬迁毡房经历的加老师却开心不起来。他说，搬迁毡房看上去好，谁苦谁知道，一句话：搬家的困难只有自己知道。

我们在去喀拉苏牧场的一路上都能见到转场的牧民。有些还在吃奶的小羊被牧民装在车上，牧民们在后面骑着马、赶着羊群往夏牧场转场。羊群过处，都是一路尘土。

只要加老师看到，赶快让我们的司机把车停下来，停在弯度大的地方等待着羊群先通行，这样羊群就不会受外界干扰惊吓乱跑。

加老师是第一批伊犁州的师范生，是昭苏县的民间文学家。

在昭苏东西长一百五十公里、南北宽八十公里的路程里，三十年前加老师用一支笔、一个本子、一双腿开始了对国家第一批民间文学的搜集整理工作。加老师搜集的是哈萨克族的民间文学艺人、名人，口口相传的民间歌谣、故事。那时他每天晚上用复写纸把当天的搜集内容复写三份，存档保存。

我们现在走的柏油路面，都是他那时走过的烂泥路。

加老师总是在每个我们需要去的站点到达前说："到点了给你们再讲。"每到一个点，他很认真地讲述他知道的所有史料、史记，古代的、现代的都讲。

每天从目的地返回县城时，坐在车上加老师就会说："很可惜，我说了一天话，没有一句是我想要表达出来的最好的话。如果我再多学五年汉语，我就会翻译哈萨克族诗人、民间文学代表作家的作品，也能把我知道的史料用汉语讲得更好。”他遗憾的样子，像做错事一样，内疚满满。每次，我们都像学生一样安慰加老师：“你讲的我们都记住了，受益很大。”

他摇摇头：“还不够，不是我想要的、想说的。我的心里有很多想表达的，用汉语我表达得不是很到位。”他在车上开始严肃、严谨起来。

有时，看到加老师严肃的时候，我和张仁艳老师就多看窗外，偶尔一排崭新毡房出现在眼前，我们总会兴奋地脱口而出：“蒙古包！”

加老师一开始不动声色，当我们把蒙古包再重复两次时，他沉下脸很厉害地说：“你们再把毡房当蒙古包，我就不跟你们一起采访了。这是很严肃的问题，不能当儿戏和笑话。毡房是哈萨克族的，蒙古包是蒙古族的，这是概念上的巨大差异，不能混淆。你看毡房和蒙古包外形和里面搭建的花纹、形状都不同，高低不同，大小不同，墙体的小木板颜色和用的数量也不同。”

突然间，我跟张仁艳老师闭上嘴巴，惊喜状也顿然消失，怕脱口而出的话又是“蒙古包”。

受到加老师的“指责”后，我们下次去毡房和蒙古包，就会观察毡房和蒙古包搭建方面的不同，然后不约而同地说：“是不同。”但不敢把毡房和蒙古包说出口，怕再说错了挨批评。

除了我们，至今大多数人也没有把毡房和蒙古包分开，只要见到毡房都会笼统地说：“蒙古包。”我这个从小在草原上长大的人，也没有把这些常识很早普及，如果不是在昭苏，有加老师在身边讲解，我可能把这些人们头脑中固有的常识错误一犯到底。

加老师的严肃还不只是这些。

我们每到一个新地方，看到草原上的野花就会走进去拍照。加老师第一次没有提醒我们，我们给他拍照时，他坚决不站在草上拍，而是站在路边。当我们第二次再疯狂地拥抱草原上的野花时，加老师就说，哈萨克族很重视对草原植被的保护，不容许任何人踩踏草场。哈萨克族牧民为什么一年四次转场到夏牧场、冬牧场、春牧场、秋牧场，是因为要保护草原的生态，让每片草原修养“身心”。

我们踩进草场的脚马上暂停，然后慢慢退后。我们自以为是城市里的文明人了，在草原上，我们原来是野蛮的入侵者。

有了加老师，我们像个小孩，在草原的日子一切从头开始学习，胆战心惊地避免重复犯过的错误。

我们一周内连续路过加老师老家的灯塔牧场，问加老师想回家不？加老师说：“家就像哈萨克族人每天喝的奶茶一样，一天不喝就像缺少了什么，奶茶成为哈萨克族人心中的存在。家也一样，你想了，它就在你心里，你不想，家再近也不在心里。”

我本来想说就像毡房一样，是哈萨克族人的存在，怕说成蒙古包，没有敢接加老师的话。

一辆手扶拖拉机装满了毡房的物品行驶在我们的视线里，这是牧民选择毡房搬迁最快速的工具。

从这条公路通向喀拉苏牧场的路上，一顶老旧的毡房刚刚搭建起来，牧民挖了土坑做锅灶，把吃的、用的东西都挂在毡房的木杆上。

加老师说，这样的传统的老旧毡房已经很少见了，见到它的人都

是幸运的人。

这样的毡房是我小时候见到的毡房，也是加老师小时候自己的家搬迁的毡房。三根椽子就可以支起来一顶毡房，这是五十年前牧民携带搬迁最简易的老式毡房了。

加老师低着头进到毡房里，并叮嘱让我们小心头。老旧毡房门很低，不弓腰低头，头就会被上面的门楣磕着。

老毡房的上面就是烽火台，不用攀爬就能感受到那时的烽火硝烟。在战争年代，一顶毛毡覆盖的毡房能抵御多少入侵者？

唉，娃娃，快告诉我，这一别究竟有多长

哟，这一别有多长

——《故乡》

我的耳边马上响起这首《故乡》，还有弹奏这首忧伤曲子的不同的哈萨克族民间艺人。我知道，在他们的心里，遥远的故乡是他们从城市回望的路，故乡在远方，又近在眼前。

热黑拉

卡拉角勒哈，卡拉角勒哈！

一把只有两根弦的冬不拉将哈萨克族的民间乐曲《黑走马》弹奏出万马奔腾、蹄声悠扬的草原气势。弹奏冬不拉的人不是英勇的哈萨克族小伙子，而是一位年轻的女子。

卡拉角勒哈是黑走马的意思。

这么好听的冬不拉弹奏，不是在万人瞩目辉煌的音乐大厅，而是在昭苏的文化中心舞台的训练场，这位年轻女子只坐在普通的椅子上，就让她饱满的手指通过两根弦的冬不拉传出最纯正的哈萨克民间音乐。那一刻，我甚至手舞足蹈，内心跟着万马在向远方奔腾。而她却把浑身的力量、热情、感情、激情都凝聚在她双手快速频繁滑行之间的冬不拉上。

多久了，卡拉角勒哈回来了，回到灵魂里，回到我的心里。

如果我没有在草原上生活过，我就不会在简单的排练场地只欣赏她独自一个人的弹奏。

我来了，从很久的草原上来了，卡拉角勒哈就响在耳边。

在冬不拉的弹奏里关于《黑走马》的传说也回来了：很久以前，草原上有一位哈萨克族小伙子发现了一群野马，他挥动套马索套住了一匹非常剽悍的黑色野马。小伙子历尽种种艰辛，克服重重困难，终于将它驯化成一匹上好的走马。当他骑着黑走马回到阿吾勒(家乡)时，乡亲们闻讯纷纷前来祝贺。小伙子在马上和马下，用各种动作自豪而诙谐地表演了他捕捉和驯化黑马的整个过程。

冬不拉音乐戛然而止时，我已经是冲动着走上台面，想跟弹奏的这个女子拥抱。拿着冬不拉的她还有点微微喘气，音乐而至就是她用力的结束，她需要多大的力量才把《黑走马》弹奏成我听到的这样。

“很用力呀！”我只挤出了这句话。

她笑着点点头，脸上都是汗水。

她叫热黑拉，跟所有哈萨克族的女孩都不同的名字。她的名字是爷爷起的。

在热黑拉还没有出生时，爱好音乐、喜欢弹奏冬不拉的爷爷在收音机里听到哈萨克斯坦的著名女歌唱家热黑拉的歌后，就把这位塔塔尔族热黑拉的名字留给了未来的孙女，他希望孙女能成为热黑拉那样的歌手。

小时候，热黑拉记得，爷爷、爸爸给她讲述的每一首哈萨克族民歌里都有一个优美的传说，那传说都是她喜欢的故事。

小小的热黑拉从小就懂得了，哈萨克族的乐曲里有对山、水、草原和家乡的赞美，有对草原上各种牲畜和动物的赞美，还有对人生、动物遭到不幸的同情和忧伤。

塔塔尔族热黑拉唱的一首哈萨克族自古相传的名曲《云雀》也有这样的传说：一条毒蛇要吃羽毛尚未丰满的小云雀，母雀很害怕毒蛇，但又十分疼爱自己的小雀，焦急地扇动着翅膀飞来飞去。毒蛇发出阴

热黑拉家的四世同堂

森森的嘶嘶声，小云雀看到毒蛇惶恐地发出唧唧的声音。母雀无可奈何，为了保护幼雀，扇起翅膀自己扑入毒蛇的口中，最后发出唧唧的声音。

《云雀》里情感紧凑的动作，母雀和小云雀惶恐紧张，对生命无奈又坚强的不同活法都是冬不拉乐器要表达的内容。

热黑拉八岁的时候就爱上了这首《云雀》，并能模仿着用冬不拉弹奏出来。

十几岁的时候，热黑拉背着冬不拉承载着爷爷、爸爸还有自己的梦想，从她美丽的家乡萨尔阔布乡离开，走进了大城市专业学习音乐。从此，一把冬不拉，一条一直中转的路，热黑拉一直走在求学的路上。

冬不拉成了陪伴她最好的朋友。

热黑拉到学校后才感觉到，她背负的不只是自己的梦想，而且是父母的，更是一个民族的梦想。

我面前的热黑拉才二十五岁，有一个两岁的儿子。二十五岁的她在十六岁时已经懂得，一个人的命运就是一个民族的命运。

“二十五岁，我刚从巴里坤草原向外面的世界走去，我茫然的内心里除了向往不知道未来和梦想。”

二十五岁的热黑拉，在县城办了冬不拉培训班，专门教那些热爱冬不拉的孩子们。二十五岁的热黑拉用一把冬不拉，就把她的梦想在昭苏草原上呈现了，让昭苏草原为她骄傲。

告别热黑拉，我们去了一次热黑拉的家。

在萨尔阔布乡，热黑拉八十四岁的爷爷、八十岁的奶奶、爸爸、伯伯以及她的妈妈、婶婶，伯伯家的两个妹妹，冬不拉手、热黑拉的弟弟霍森江，热黑拉两岁的儿子马拉提一起迎接我们。

这是四代同堂的哈萨克族的大家庭，四代人加起来七十多人。爷爷、奶奶生了五个女儿、四个儿子。

七十多人的大家庭，冬不拉的数量就从爸爸这辈开始增加，从一把冬不拉，到家里的每个男人都有冬不拉。

坐在铺地毯的房子里，可以看到窗外的四季，能看到门外的两头小褐黄牛，还能闻到湿牛粪从外面进入干燥的空气，把味道带进家里。我们闻着这种熟悉的牛粪味，咀嚼着馕饼、奶疙瘩，喝着加了酥油的奶茶，和这个大家庭四代同堂的每位成员说话。

多久了，我们一直在行走，在行走的路上跟原生家庭里的每个成员一个个断开、分离。只要分离，相聚的时间就很难。

在这里，在四代同堂的家庭里，每月都这样相聚在一起，弹奏冬不拉，用歌声唱着他们美好的新生活。

热黑拉的儿子把黄色的头发剪成蘑菇云的样子，很帅气。妈妈忙，没有时间照顾他，他就被放在了爸爸家里，从小过着四代人在一起的生活。

热黑拉的爷爷坐在墙角，奶奶坐在旁边，爸爸妈妈围坐在爷爷左边，弟弟跟我们坐在外边。三代哈萨克男人，从八十四岁到二十三岁，集体拿起各自的那把冬不拉，在我们的赞美声里共同弹奏起《黑走马》。

热黑拉的妈妈、婶婶、妹妹、堂妹，三代哈萨克族女人在三代哈萨克族男人的冬不拉音乐里跳起了《黑走马》。

那是你从来未曾见过的场面，那也是你从未曾欣赏过的最美的冬不拉声音、最美的优柔的黑走马舞蹈。

而我就在这个大家庭里，坐在中央，像舞台的中心，把这份四代同堂的温暖气体全部聚拢在心脏。

那是要烧红的心脏，心脏里是关于冬不拉的两个久远的传说。

传说一：很久以前，哈萨克族人就居住在靠近一片森林的地方，过着宁静的游牧生活。结果森林里有一只凶恶的瞎熊，经常跑出来伤害牧人和牲畜，使人们不得安宁，国王派去了几批猎人都被瞎熊伤害了。国王的儿子名叫“冬不拉”，他请求父王让他去打败瞎熊。由于父王不答应，冬不拉私自带着弓箭、捕兽夹去找瞎熊，并与瞎熊进行了一场轰轰烈烈的搏斗，杀死了瞎熊，自己也不幸牺牲。当牧民们找到王子的尸体时，都泣不成声，谁也不敢把这个消息告诉给国王。这时有个名叫阿肯的老牧民站了出来，自告奋勇地去见国王。国王问他：“你知道王子的下落么？”阿肯指着一棵高大的松树说：“尊敬的陛下，它知道王子的下落。”

国王生气地说：“明天它如果不告诉我，我就杀了你！”聪明的阿肯在牧民们的帮助下，砍下大树的一个枝杈，连夜制作成一把精美的乐器，第二天在大森林前的草原上，用琴声歌颂王子的壮举，倾诉对王子的崇敬和怀念。琴声中有阵阵松涛，有王子的怒吼，有瞎熊的哀鸣，也有草原人民悲伤的啜泣。国王听着琴声，悲痛万分，是松木制成的乐器把王子不幸的消息告诉给了国王。琴声一会儿雄浑激昂，一会儿低回婉转，一会儿音韵铿锵，一会儿又如泣如诉……从此，哈萨克族人有了自己的乐器，为纪念王子，人们以“冬不拉”来命名乐器，而将弹唱冬不拉的民间歌唱家叫作“阿肯”。

传说二：很早的时候，一个哈萨克族青年爱上了一个姑娘，这个姑娘想考考小伙的智力，就给他出了一道题：“你要能让松树开口说话我就答应嫁给你。”小伙子就苦思冥想，有一天他宰了一只羊，就把羊肠挂在松树上晾干，后来夜晚来临时，他在那儿辗转反侧，想不出办法。这时候突然一阵微风送来非常悦耳的声音。他就循着声音找过去，发现原来是已经晾干的羊肠绷在这个松树枝上，被微风拨动发出来的声音。他一下子受到启发，于是赶紧找来一块松木，中间掏了一个洞，把羊肠绷上去做琴弦，一绷，果然可以弹出来美妙的音乐。

姑娘说话算数，就嫁给了小伙子。

此时，从这个家庭里传递出的冬不拉的音乐声，已经飞过萨尔阔布牧场，那些低头吃草的马、牛、羊一定听到了三代哈萨克男人合奏的《黑走马》的乐章。

这乐章里还有热黑拉独奏《黑走马》的小调和大调，有这个大家庭里三代女人们优美的舞姿。

阿孜古丽

古丽现在的家在昭苏泰和小区，还没有等我们出现，古丽已经在小区的楼下等我们了。

古丽的老家在新疆巩留县，来昭苏六年了，大学毕业时她考到萨尔阔布乡当文化干事，干了三年后调到县广播局。她是县广播局的哈语播音员。

她不播音时就轮换着在办公室门口值班。

她邀请我们去家里做客。她说："办公室没有办法给姐姐们倒茶、让座。"

古丽家里的布局还是毡房里的风格，只是窗帘是充满时代感的，地毯是城市里的机器制作的，烧奶茶的大壶是从哈萨克斯坦买回来的。

"为什么都从哈萨克斯坦买烧奶茶的壶？"我问。古丽说："这个壶烧出来的奶茶很正宗。茶具也是从哈萨克斯坦买回来的，时尚的茶具代表着新的哈萨克族人的生活。"

餐桌上放着刚烧好的奶茶，上面飘着奶皮子。奶是昭苏最好的褐黄牛的牛奶烧的，奶茶壶用的是哈萨克斯坦的，火候也是最好的。所以，我们夸赞古丽的奶茶好是有原因的。

家里餐桌上还摆了牛奶炒的青稞、阿勒泰的奶疙瘩、红枣、馕。

古丽是在巩留县的老家被爷爷奶奶带大的，她是爸爸、妈妈的长女。她从小就被给了爷爷、奶奶，叫自己的爸爸、妈妈为哥哥、嫂子，叫爷爷为阿塔、奶奶为阿帕。爷爷、奶奶有六个儿子、两个女儿。加上古丽共有三个女孩。古丽有两个弟弟，因为爸爸是爷爷、奶奶的长子，她又是爸爸、妈妈的长女，她就得按传统习俗送给爷爷、奶奶收养。古丽直到大了才知道，父母把自己给了爷爷、奶奶，是尊重哈萨克族的孝道，等自己长大了可以替爸爸照顾爷爷、奶奶。

古丽被给了爷爷、奶奶后，爷爷的第二个儿子的长子又被奶奶收养了。奶奶病重的时候，安排后事说，把孩子们都领回家吧，回到你们的怀抱吧。

这样，她和堂弟都回到了爸爸、妈妈的身边。

古丽跟着爷爷、奶奶接受的都是传统的哈萨克民族文化，她说，现在的哈萨克族的“90后”不会有像她这样给爷爷、奶奶养的这个事了，“90后”的哈萨克族孩子从小学汉语，哈萨克族有些传统的民间习俗慢慢淡化了。古丽是“80后”的这一批坚持哈萨克族“还子”传统孝道的最后一代人了。

古丽家里有两把冬不拉，她还花大价钱买了《汉哈大词典》，自己有空就自学。因为她喜欢写诗、写散文，不明白汉语的有些词的意思时，她就对照《汉哈大词典》。

古丽的儿子从我们上午十点钟进门一直睡到十一点半了才醒来。小小的他睁着眼睛悄悄在门口看看陌生人，又回到他睡觉的房间。过了一会儿，古丽的舅妈来了，儿子才跟舅奶奶一起离开睡觉的房间。

舅妈小时候住过老毡房，进城三十年了，她把城里的房子还是装修成了毡房里面的样子。

古丽说，现在城里的哈萨克族人也专门做一顶毡房放在草原上，主要是新人结婚和老人去世时用。

哈萨克族人从结婚到死亡只用两次的布帘叫“帘子”，样子像汉族古时候的床帘。这个帘子由每个新郎的爸爸、妈妈做，结婚时用这个帘子娶亲。结婚后把这个帘子取下来，放在箱底不再用，一直等到死亡的时候才能再用一次，要用这个帘子盖在身上走进天堂。

古丽保存着结婚时男方家做的帘子，纯手工制作的帘子有十二种颜色。古丽把结婚时的首饰也拿出来，展示给我们看，把结婚的服装也取出来，让我们感受哈萨克族的姑娘结婚时用的物品。银项链、披肩、婚服都只戴过一次、穿过一次，她就珍藏在箱子里了。

古丽结婚六年后又戴着她存放的婚礼首饰，从卧室款款出来。一个美丽的新娘就在我们面前。她婀娜多姿、百媚娇羞。

儿子在旁边吃哈密瓜，妈妈满身结婚时的穿戴，坐在我们面前，这身穿戴意味着传统的哈萨克族女人从婚礼到成熟的开始。儿子看着妈妈、爸爸的结婚照，使劲地想亲。因为他平时从来没有看到妈妈把这么多照片拿出来。

古丽在我们到她家的前一天参加了亲戚家的新生婴儿的满月仪式。男孩三十七天满月，女孩四十天满月，是大人们希望她长大后的嫁妆多。

新生婴儿四十天，奶奶要将三个银镯子和戒指放进水里，再用放过银首饰的水给婴儿洗澡。亲戚家会给来客一个银子做的手镯。

古丽说，作为一个哈萨克族女人，从婴儿在母亲肚子里时，便开始了一条艰辛之路。因为游牧民族经常搬迁毡房，要经历迁徙路途中的劳顿，还要从事繁重的家务，所以女人是毡房里最辛苦的人，男人都很尊敬女人、疼爱女人。游牧时，每家的毡房都不是集中在一起的，只要毡房里有新生的孩子出生，这个孩子一定要拜干妈。干妈要提前定好人选，选定干妈后，干妈要在孩子出生前准备好饭食，做好婴儿的衣服。等孩子出生的那一天，干妈就是孩子母亲之外最重要的人，要给孩子穿衣服。当天，各毡房远道而来参加出生仪式的所有客人全部都不睡觉，他们会在一起弹唱冬不拉，祝福孩子今生健康。毡房里的灯要从白天到晚上二十四小时亮着，亮四十天。大家一起宰羊庆祝孩子的降生，快乐一起分享。

原来在牧场的哈萨克族媳妇都是从河里打水，用牛粪烧火，烧河里的水做奶茶。以前的奶茶壶是铜做的，现在好多人也用土耳其的不锈钢奶茶壶。

古丽说，不管奶茶壶换了几代，从铜的、铝的到不锈钢的，纵然设备换了，烧奶茶的方法还是同样：茶一定要先烧好，慢火烧，烧到最好的状态，奶要最好的黄牛奶，熬成奶皮的奶跟烧好的茶一起才能做成最好的奶茶。不是像人们想的那样，把茶叶放在牛奶里煮开就是奶茶。

古丽也会做酥油。如果有馕坑，古丽还会打馕。“80后”的古丽，对于哈萨克族传统的生活方式，一项都没有丢。过现代年轻人的生活，她也能过。

古丽的儿子问妈妈找奶瓶，五岁了，还要每天抱着奶瓶喝牛奶。

每次出门，儿子总是叮嘱妈妈：“妈妈别忘了我的奶瓶。”他有时会担心妈妈忙忘记了，就经常自己把奶瓶放进妈妈的包里。

哈萨克族的女人怀孕了，男人是不会让女人去河边取水。只要男人在家，就不会让女人自己去危险的地方。

“80后”的古丽给我讲哈萨克族女人的游牧生活时，哈山的妻子、艾山的妻子、卡哈甫的妻子、可得尔可西的妻子的微笑都在我眼前浮现，还有我小时候跟着转场的在牧场上相遇的那些年老的哈萨克族女人们的笑容也在我眼前再次清晰可见。

时光过了半辈人生，从游牧之路上走过来的哈萨克族女人，仍然在城里的楼房里过着原来老毡房的日子。她们坚守的不是传统的那些老习俗，她们坚守的是生活一直朝前走的希望。这个希望需要她们保留原始的坚韧和信念，才能让她们如此宁静、安详、平和地对待岁月。

古丽是在爷爷、奶奶的毡房里长大的，她从小就从奶奶身上懂得了哈萨克族女人的一生。

经历过那么大的壮阔波澜的人生悲苦，在哈萨克族女人们的脸上都不曾有一丝惊现。岁月唯一把皱纹深深地刻在了女人们的脸上、身上和手上。她们的脸和手只要伸出来，就是一张岁月“地图”。

古丽的脸白净、粉红、透明，如果不是通过她的嘴给我讲述那些遥远的故事，我怎么会把这张明净的脸跟其他哈萨克族女人的岁月沧桑的脸做对比。

古丽的老家在巩留，那里的草原其实一直住在古丽的心里。

出门时，古丽给我发了一篇她喜欢的被翻译成汉语的文章《打馕》，她说这篇文章把哈萨克族人打馕的细节写得很到位，她希望我多了解一些哈萨克族人的饮食生活，对我后续写哈萨克族人的书有所帮助。

“贪玩鬼，去，收点油葵秆子来。”打馕前，母亲总是这样命令我。我正在地上挖开三个小洞，瞄准着玻璃弹珠，一听到这声音，就立刻扔下弹珠，跑去收秆子。

我把馕坑里积攒的炭灰清理出来，填满树枝和油葵秆子，点着火。潮湿的树枝冒出的烟总会袅袅地升起来，让我的眼睛发酸。火一点开，就难以控制，馕坑里的油葵秆子和树枝很快烧成了红色的炭。母亲在屋里，忙着打理馕。

家里的铁锹久经火烤、躯体残缺，又经过了雨水，变得锈迹斑斑。母亲拿来铁锹，把炭拢在一起。过一会儿，馕坑就烧热了。不知是下雨时盖在馕坑上的塑料没盖严，还是蚂蚁在馕坑里筑了窝，外边由黄土混合着羊毛抹匀的馕坑上一角已经裂开。母亲拿着融了盐巴的水，喷洒在馕坑里。出于好奇，我也探头往馕坑里瞧。这时，刚还在赞扬我“火生得不错”的母亲会责备地说：“走远些，去屋里把馕拿过来。男人不可以盯着馕坑里看，那样馕会粘不牢掉到火里。”即使心里有些嘀咕，我还是会立刻朝着屋里跑去。

馕被整齐地摆放在铺开的席子上。我用家里常用的花纹针具把馕点出美丽的花纹。母亲坐在热浪袭人的馕坑边上汗如雨下。也许是发现了我沉迷在点花纹的游戏里，她总会大声地催促我。听到母亲的声音，我赶紧把几个馕胡乱地装在木板上，两脚歪踩着球鞋，朝着屋外跑去。

馕坑里燃着红色的火焰，母亲坐在馕坑边，弯腰低向馕坑，把馕贴在馕坑壁上。母亲的手不会烫伤么？我常常这样想。也许是因为我这个男子汉看向了馕坑，几个馕悄然滑落，掉在了火里。母亲把这些馕埋在炭里，留着熟透之后吃。

大部分的馕，在半晌之后，变成通红、喷香的食物出炉。我把酥油放进烫手的馕心里，就着热气和油滴塞进嘴里。

母亲将半个身子弯进馕坑里烤成的味道，至今没能再遇到。也许，是因为这味道里浇灌着母亲的汗水和童年的滋味吧。

我在手机上阅读完这篇无名作者的文字后，再看到打馕的馕坑，还有正在把馕放进馕坑的那些女人的手，我会下意识地伸缩手臂，我怕手突然间就进入烧红的馕坑被烤熟。

再到哈萨克族的毡房吃到馕，馕就成了另一种生命附着的符号，馕上面都写满了每个辛勤劳作的哈萨克族女人的名字。

这份吃馕的经历，要感谢古丽，是她让我明白了一种粮食背后的生命，连同她们生命里内心的故乡。

我知道，不管走多远，草原上的人们跟故乡都永远无法切割。

阿曼开来得

阿曼在家乡萨尔阔布乡库尔库勒德克开始阅读诗歌、写诗的时候才几岁。那时，萨尔阔布乡库力布拉克草场就在他眼前。他在牧场上看书累了就躺在草原上，把他喜欢的诗人的名字都记在心里。他读《阿拜》的诗以及《安徒生童话》《一千零一夜》等书。他希望长大了，也要像这些会写书的人一样，把自己的文字印在书里、杂志上。

见到阿曼时，他已经是昭苏县广播电视台的一名资深记者，在县城的一家特色饭馆，他请我们吃了正宗的新疆拌面。

如果说小城和草原对他有什么区别的话，也许就是阿曼从草原上带来的这张面孔。他的面孔渗透了草原上的紫外线和山川、日月。即使他还年轻，刚过四十岁，他在城里生活了二十年，草原上的日子已经和他的皮肤紧密相连。

阿曼告诉我，他的名字叫阿曼开来得·霍斯范拜夫。

“那我叫你阿曼行不？”我问。他说：“可以呀，你感觉这样叫方便、顺口你就叫吧。”于是，我把阿曼开来得就叫成了阿曼。

这时，阳光从外面的玻璃窗户穿透过来，阿曼的脸上被细碎的阳光彻底地覆盖。

“还会骑马？会放羊？”我问。

他说：“会。哈萨克族的男人都会，不会丢掉的。”

“小时候写的诗其实只是对草原的美好憧憬，不算诗。”阿曼说。

那时候没有电，放学回来先去河坝打水，帮母亲弄柴火做饭，天黑了点上马灯在微弱的光里写完作业。这是阿曼每天雷打不动的生活。更多的一点是，全家夏天住毡房，冬天搬到阿合牙孜沟。

距离变了，生活一点没有改变，从一个草原转场到另一个草原，每年如此。

阿曼的父亲那时是家乡流动学校的老师，后来当过校长。当老师的父亲并没有像管他的学生那样，对阿曼有更多的时间陪伴。父亲把多数时间都给了流动学校的其他学生，阿曼总是想：“如果我是别人家的孩子，也许父亲就会多照顾我了。”

阿曼就把对父亲的想念用在看书上，阅读让他小小的年龄有了比成年人更多的思考。草原上的马、牛、羊需要跟着草场走，毡房就得跟着搬，学校也要跟着牧场走。阿曼在流动学校上学，学习成绩很优异，尤其擅长文科。

童年死去了
来到青年
青年逃去了
就晃到暮年
暮年降临时
我们只学会了顺从

像带着幼羔的骆驼

徘徊游荡

却永远

在栏圈里生

在栏圈里死亡

——阿拜·库南巴耶夫的诗歌

少年阿曼读的最多的诗还是哈萨克斯坦著名诗人阿拜·库南巴耶夫的诗，因为是用哈语写的，阿曼不需要翻译，就能流畅地阅读。最主要的原因是，大诗人阿拜用自己的亲身经历写出了哈萨克族人面对生命和生存的现状。阿曼读懂了诗里的大诗人的情怀、温暖、胸怀，还有对未来哈萨克族人命运的忧患意识。

世界有如海洋

时代有如劲风

前浪如兄长

后浪是兄弟

风拥后浪推前浪

亘古及今皆如此

——阿拜·库南巴耶夫的诗歌

那时候，阿曼的哈萨克文书写也很好，会写诗的他在学校里成了小名人。

现在阿曼是记者、诗人。采访之余他在自治区及省外的报刊上发表诗歌三百多首。

我让阿曼把写的诗给我发几首，他说都是哈萨克文写的，没有翻译成汉语。

我问：“你都写哪些方面的诗。”

阿曼笑了，说：“哈萨克族是一个历史悠久的民族，我写的诗都离不开我生活的草原，关于草原的山山水水，毡房，马牛羊，牧民。”他还说：“我十八岁写过一首诗《告别美丽的草原》，写的是我小时候的家乡库力布拉克草原，是在1994年《伊犁河》杂志哈萨克文第六期发表的。那是我从家乡到外面上学时的感情，我要离开，突然舍不得离开。我在诗里写道：‘美丽的草原很美，像母亲一样，哪里都不如自己的草原，希望草原永远保持美丽永远绿草满满。’”

“那是你对家乡草原最青春的告别。”

阿曼说：“是，十八岁第一次要离开草原了。”

十八岁，我坐在另一片新疆草原，写着草原上的诗，向往着外面的世界，想去看看遥远的大海。

十八岁的阿曼，从他的草原走向城里。

1999年，阿曼在杂志上无意看到阿勒泰的一名作曲家将他的这首诗《告别美丽的草原》谱了曲发表。当时他很感动，感谢这位为他谱曲的人。

昭苏萨尔阔布乡库尔库勒德克水帘洞，库力布拉克草原，如今都是昭苏有名的旅游景点了。家乡距离阿曼工作的县城也就一个多小时，这么短距离的路，阿曼每月带着家人回一次家乡。

我说：“你带孩子们回老家后，你看到的家里的东西和孩子们看到的有什么不同？”

“我是‘70后’的人，小时候住在毡房里，没有电，没有电视，没有电子书，没有手机。草原上原生态的传统牧业的生活方式让我对阅读有了兴趣，并对这片原生态草原产生了写诗的冲动，现在想起来感觉也很美好。现在家乡的草原还是那样，但是有了现代先进的科技，毡房有了电视，牧民有了手机，去远处可以骑摩托车了。大多数人会说汉语。我每次回到家乡后都会为家乡的巨大变化而高兴，才十多年时间，科技都走进了牧业。”

“我的女儿和儿子都出生在昭苏县城，孩子们没有住过毡房，对毡房很陌生，也很好奇。昭苏县城是他们的出生地，所以在昭苏和乡下之间，孩子们更喜欢昭苏县城，毕竟那是他们认为的家，我也理解。”

阿曼的女儿名字叫那迪娅，十三岁，儿子叫阿拉西，九岁。两个在县城上汉语学校的孩子，汉语水平都高过他们的爸爸。

我想看阿曼诗的愿望，通过他十三岁的女儿翻译，终于得以实现。

十三岁的那迪娅翻译了阿曼的一首诗：“万千树脉在土地，坚毅松树立高山。奉献为人不为己，喻为英雄不腮红。”

诗里有哈萨克民族谚语的味道，有对这片草原的根脉坚守，还有为草原奉献的志气和抱负。

这是一首励志诗，是十三岁哈萨克族小女孩翻译的爸爸的诗。

我没有见到阿曼的女儿，阿曼把跟妻子、女儿、儿子在家乡萨尔阔布乡库尔库勒德克草原拍的照片发给我。那是幸福的一家人，照片上的一家人身在绿色的草原中，把蓝天和水帘洞的绿水都吸附在身边。他们回家的路每月一次，从不间断。

阿曼昭苏的家里铺了地毯，铺地毯的城里的家连着萨尔阔布，也连着他少年时的草原、少年时的诗歌。

托列吾和阿依丁

昭苏草原歌舞厅在晚上十一点后才开始新的生活。霓虹灯下，是女人们放松的舞姿。

刚好我去时的晚上，草原歌舞厅里有各民族的女人们在跳音乐三巴，这是哈萨克斯坦流行的一种舞蹈。

托列吾在这里的草原歌舞厅唱歌六年了，没有鼓手和乐队，他自己把配乐刻成碟，音响里回响着碟片里面的打击乐，他洪亮的歌声响在寂静的夜里。

托列吾爱马，还爱毡房，爱毡房里的一切。他从家里出来六年，去过巩留县、霍城县唱歌，最后来到昭苏。他的家乡在赛里木湖果子沟乡，他小时候就在赛里木湖边长大，他从小就看着赛里木湖四季的湖水从春、夏到秋、冬一年又一年地变化着。他总是说，我的赛里木湖很美，我想念我的家乡。然后他娶了家乡赛里木湖边的媳妇。

托列吾从小喜欢唱歌，在草原歌舞厅，他一个人每天一晚上唱十八到二十首歌。他唱累了，就放他自己录制的唱片。

夏天时，他总会在周末开车回赛里木湖、回到毡房，喝喝奶茶、马奶子，陪伴父母。他说在毡房里他才能清清脑子、放松心情。

在托列吾唱歌的时候，他的朋友阿依丁在暗影里对我说：“我很怀念毡房的日子，有草原、马、牛、羊的日子才是踏实的温暖的日子。”

阿依丁于2004年从乌鲁木齐林业学校毕业，后来在昭苏县城，找了好多工作没有找到，只好帮别人开出租车，后来开大货车。

这个远离草原和毡房的年轻人，他跟爷爷对毡房的感情不同。爷爷从出生到去世都住在毡房里，毡房是爷爷一生的家。

爸爸在克拉玛依当兵，四年后回到灯塔牧场帮牧民们管理他们的马匹。马匹在哪里，爸爸的家就在哪里。阿依丁喜欢骑马，每次回家想骑马，爸爸不让儿子骑，爸爸怕儿子把马骑伤了。

凌晨一点多了，草原歌舞厅停止了唱歌、跳舞。阿依丁在黑黑的夜里伸展着他刚刚跳《黑走马》《鹰舞》的胳膊，暗夜里的他像自言自语，又像给我说：“我真喜欢跳舞，也喜欢骑马，喜欢在马背上驰骋的那种很男人的感觉。”我随意附和：“草原是你们的，牧场是你们的，你可以想去跳舞就跳舞，想去骑马就可以去骑马呀。”

我没有看到阿依丁难堪的脸，也没有在意他的表情。因为在黑夜里我根本看不清楚阿依丁的面容。

他还是从黑夜里送来了几句话：“我需要赚钱养家，养媳妇、养女儿。跳舞和骑马都是梦想，不现实。可生活太现实了，我只能活在现实里做梦吧，做大车司机，开车赚钱。”

这句话是告别的话，他和托吾列向他们自己家的方向走去。

阿依丁城里的出租房是钢筋水泥的平房，没有哈萨克族传统的花地毯，也没有花样繁多的挂毯。只要他不说哈语，谁也不能很明确地把他们当作哈萨克族人。他改变了的不仅仅是外在的服饰、外在的长相、说话的语音，改变更多的是他离开家乡的心灵距离。

阿依丁的家乡不远，一个小时就能到达。而他却用心远离着曾经的出生地，远离着土坯房子里的毡房，最原始的游牧之路上的老毡房、新款的毡房。

草原歌舞厅距离昭苏宾馆很近，在这条黑夜的柏油路上，我耳边是草原上的骏马奔驰的声音，暗夜里是阿依丁在舞厅舞蹈的样子。他跳《黑走马》的动作，就像他喜欢骑马的动作，自由奔放，快马扬鞭。

阿依努尔

她从家乡昭苏走的时候是一名刚刚被录取的大学生，她告别离开，以为她的家乡在她这里可能变为故乡了。

她一步一回头地泪眼婆娑地把昭苏草原上可以让她留恋的所有的记忆都过滤了一遍，她心中装着第一次出远门的家乡昭苏走了。那时她十八岁，第一次远离昭苏、远离家乡。

其实她走得也不远，从昭苏到乌鲁木齐，还在新疆，没有出疆。没有出疆的路程上的距离抵得上内地的几个省之间的距离。

上大学是她第一次跟家乡告别，跟家乡记忆里的草原、马群、羊群、牛群、奶茶、马奶子，还有盘腿就能坐下来休息的花地毯告别，有点难舍难分。

穿过她远离家乡的时空后，我和阿依努尔的聊天是在阿克齐民俗村的时尚毡房里。我面前放着毡房里对外游客的各种奶制品，我无法拒绝诱惑的神情被阿依努尔看了个透，她让毡房主人端来了新鲜酸奶。

二十八岁的阿依努尔已经是喀拉苏乡的副乡长，我很好奇这么年轻的哈萨克族未婚女子是怎么竟聘上副乡长的位子。

我在毡房里盘着腿跟阿依努尔聊着天，聊天的感觉就像在我曾经的草原上。毡房里奶茶飘香，毡房外面是搭起来的木架子晾晒的酸奶疙瘩，浩浩荡荡到包围了所有的新式毡房。从毡房门外再远一些可以看到油菜花一大片一大片的黄将这个村子覆盖，孩子们站在高处眺望更远的油菜花田，那种快乐和无忧无虑跟我们小时候的样子一模一样。

阿依努尔的声音就从油菜花里穿过来，从一排排晾晒的奶疙瘩的味道里穿过来，从眼前新式的奶茶壶里穿过来，微笑的脸上是她告诉我的青春时光。

阿依努尔的爷爷是当时昭苏军马场马队的牧民，这个牧民不是简单的牧民，是专门养军马的牧民。

阿依努尔的父亲在没有工作时就帮爷爷放马。

昭苏军马场很早以前分牛队、马队、羊队，一队是马队，二队是羊队，三队是牛队。阿依努尔的父亲家属于马队，母亲家属于牛队，其实两家都是养军马的。

母亲家在三队，是养牛队的。母亲的父亲在她两岁的时候就去世了，母亲就由外婆带大。母亲的哥哥小时候在家放牛，母亲挤奶，再把牛奶送到奶粉厂，每月能挣四十五元。母亲一家靠四十五元钱过日子，生活还算过得去。

父亲家在一队，养军马的队，每月靠爷爷养马的工钱生活，工钱也是四十五元。

母亲早上每天上学，要骑着公牛到距离军马场十公里路的马场学校，而父亲则骑着公牛到十七公里的马场学校。

他们每天早晨八点出门，中午不回家，中午吃从家里带来的馕，中午学校给学生提供开水，他们就吃馕、喝白开水。下午放学到家时已满天星斗了。

父母上完小学，在昭苏县城上初中。那时一周回一次家，平常在学校吃住。初中毕业后，优秀毕业生会安排工作。由于他们学习成绩优秀，被聘为人民教师。母亲回到了她三队的牛队当老师，而父亲则在现在的军马场当老师。在母亲工作四年、父亲工作了七年后，双方家庭为他们定了亲，两人结了婚。

随后有了她们一家人。

牛队和马队是阿依努尔少女时经常听父母讲的故事。

十八岁，阿依努尔考学到了乌鲁木齐市，从一个小城市突然间到一个大城市，让她突然很迷茫，感觉自己渺小到就像是这座大城市的小尘埃。她经常会在夜晚和早晨静静地凝望，欣赏这座美丽的城市，害怕时间走得太快，来不及享受。慢慢地，她有了想在这座城市扎根的想法，想象着自己能成为城里人中的一员，她开始更加勤奋学习。她知道要想留在大城市，就得有比城里人更卓越的一面、更突出的一面，才能有她的位置。

大学毕业了，她通过报纸一家一家地找工作，大冬天早出晚归，有时午饭都不吃，就这样找了一个月，终于进了一家广告公司。想成为城里人的脚步迈出了第一步，她边工作边充电，唯恐自己一不小心就被这座城市抛弃。

时间一晃两年过去了，她在乌鲁木齐站住了脚，能养活自己了，也学到了很多专业知识。可是最让她难受的还是放假期间，因为她在这个大城市里没有亲人，每逢节假日她感觉非常孤单，没有家人、亲人、朋友陪伴，同学都各奔东西。她那时会特别强烈地想家，又害怕父母担心，不敢给家人说。母亲还是最懂自己孩子的心，每过几天就会打来电话，询问她的情况，总是放心不下，老劝她回家乡工作。

阿依努尔对大城市未来生存的担心，母亲对女儿在举目无亲的大城市的孤单无助的担心，让她时时刻刻害怕母亲太牵挂会生病，因为母亲的身体一直都不太好。

阿依努尔答应母亲回到了家乡，出来又回去，她有点不舍地跟她幻想永远相守的大城市乌鲁木齐说再见了。

2010年，阿依努尔通过昭苏县入编考试，考上了现在的工作单位喀拉苏乡政府。

回到家乡，她感受到有亲人在身边的那种无法言说的幸福感，每周她可以回家陪伴父母，和父母亲一起吃饭、话家常。工作上有困难了可以找父亲和哥哥帮忙出主意，生病了有妈妈陪在身边照顾，过年过节和家人、亲人及朋友一起共同庆祝。她发现，家乡所有的一切，让她工作时变得更加愉快，这是她在大城市乌鲁木齐无法感受的幸福。

在家乡，她时刻提醒自己：我要比在大城市做得更好，不后悔自己的选择，我要在这片生我养我的地方，作出哪怕是一点一滴的贡献。因为，人活着，不仅仅是为了有饭吃、有衣穿，至少应该把自己的能力发挥出来，帮助家乡人。

谁说在大城市就一定过得非常好？

她要让自己知道，在小地方，只要你自己找准了位置，一样可以更精彩。那是一种发自内心的拼搏，因为，乡土的温暖而广阔的胸怀给了她更大的勇气，她不再那么胆怯，不再那么小心翼翼，不再心惊胆战生怕哪天她调皮了、偷懒了会被大城市抛弃。而在家乡，昭苏是她的家，家在，她就在，家好，她会变得更好。

家乡的一切都让她亲切，这里有童年的回忆，也有未来她们努力建设家乡的憧憬。在大城市中所有的一切都已经规划建造好了，她们大多只能去适应、顺从城市的变化。她待过大城市，她就有过在大城市的切身体会，她在大城市里就感觉自己没有根，没有存在感，没有化蛹成蝶的蜕变后的惊喜，眼睛看不到微不足道的变化。她是大城市里的一粒灰尘，连飘落在空气里都无人知晓，太渺小、太微弱。而在小县城、小城市就不一样，可以绘制蓝图，可以改变它，眼睛也能看到被自己改变后的样子。因为，小地方有很多很多可以创造的东西，有很多创造的元素，只要你有足够的创新意识，足够用心，你就可以按照你的蓝图创造它，改造它，并且一点一点地看到变化的过程，直到最终变成你需要的样子。这才是人生的意义和快乐所在，这才是真正的化蛹成蝶后的喜悦，你发现你的潜力有如此之大，所以，你会变得对生活更加向往、更加热爱，更加憧憬未来的生活，你向成功迈进的一步一个脚印，使得你的信念变得更加坚定。

当然，在你累了的时候，你也会停下来歇歇脚，这里没有大城市的喧闹，随处都能找到安静的地方。在这里，你也会找到一种世外桃源的感觉！

“我就喜欢在累了的时候，跑到大草原上，望着碧蓝的蓝天，看着朵朵白云，呼吸着新鲜的空气。在大草原上闭上眼睛睡个大觉，或者是在草原上打滚、听歌，都会让你精神大振。”

“有时候我也喜欢在微风中，一个人坐在草地上，凝望着辽阔的大草原无尽地遐想，那时候，感觉自己遐想了一天都不够，原来人的思绪可以这样的绵长。”

“我的家乡虽小，但是，我喜欢这里，爱着这里，它让我深切感受到了我的存在，它需要我！我们都彼此相连！”

阿依努尔能说一口流利的汉语，新疆农业大学毕业的她回乡后在乡里做妇联工作，2016年当选喀拉苏乡副乡长。

牧民们很容易满足，感觉家人健康、平安就是幸福，很知足常乐。每个牧民家庭吃饭前都祈祷：我的家人健康、平安，阖家欢乐。用双手祷告后，用双手摸脸。

大多数长辈在请客吃饭的饭前饭后，对家人们做的仪式叫“巴塔”，长辈们伸开双手：“愿你的餐布上食品多、草场牲畜多，愿你在同辈人中走在前列，愿你的家庭人丁兴旺，愿你是个聪明快活的人。”

长辈祷告完后，同辈人则开玩笑地祝愿：“祝你的公马叫得最响亮，祝你的羊长得毛多，祝你的圈里挤满羊群，祝你的儿女满堂达到十几个。”

听传统的老人说，如果祷告完了不用手摸脸，鬼就会跟着吃饭。

用手摸脸后，就不会有鬼跟着。那是哈萨克族的老人们想把这个仪式一直传承下去的坚持，所以用鬼来吓唬小孩子们。

在阿依努尔开心笑着的回忆里，我们这些小时候被大人用鬼来吓唬孩子的传统教育如出一辙。

我们都笑了，笑声里是童年里一样的鬼故事。

不管哪个民族，大人用鬼来吓唬孩子的手段都一样。在昭苏喀啦苏民族村的时尚毡房里，我们互相以笑容原谅了多年来用鬼来吓唬我们的父母。

阿依努尔的父母很早就在昭苏城里工作，县城的家里除了花地毯，父母早就省略掉了吃饭前祷告的仪式，也没有让阿依努尔从小继承。

哈萨克族的婆婆考验儿媳妇很严厉，首先考验儿媳妇的奶茶烧得怎样。婆婆们会挑剔你烧的奶茶是甜的还是咸的，盐放多了，还是糖放少了。儿媳妇奶茶烧得让婆婆满意的，婆婆就会掏出糖果给儿媳妇，当作奖励。不满意就什么都不给，儿媳妇们会为了给婆婆们烧奶茶的好坏评判紧张得整晚睡不着觉。

阿依努尔还没有成家，竟然也说起被婆婆考验烧奶茶的传统风俗。

她开心地说："还好，我不会被考验。我现在的工作是帮牧民推销他们的旅游毡房、原生态奶制品。"

阿依努尔家军马场的老房子里没有马，只有父亲在冬天养的一些牛、羊，因为父亲非常喜欢养殖，退休后就一直坚持自己养羊、养牛，夏天一般把牛、羊放在牧民家的草场代养。

从牛队、马队、羊队到军马场，从牧场到城里，从毡房到楼房，阿依努尔家三代人的生活都扎根在昭苏草原上。从她的爷爷和她的父母到她们这一代，生活改变了太多。但是没有改变的习惯还是：三代人每天早晨喝奶茶、吃馕、喝马奶，中午和晚上做抓饭吃。

小时候他们家就这样吃，所有的哈萨克族牧民也这么吃。现在，她们搬进城里，住着高楼，还一直这么吃。

阿依努尔父母家楼房里的花毯还按照毡房的样子摆放在家里的每一处，家里唯一改变的是她们的生活比原来更好。

推开哈萨克族人的楼房门，所有的毡房都在门里一扇扇被打开。

那是城里的“毡房”。

可得尔可西

去可得尔可西家前，军马场的陈老师再三叮嘱，不要在他面前提儿子和孙女的事，因为他家出过一次大的车祸事故，儿子、女儿、孙女在这次车祸中身亡。

肉孜节的第二天，可得尔可西早早把大孙子派到楼下来给我们引路。

楼房外面是六月的昭苏，楼房里面是草原上的毡房。

可得尔可西欢快地笑着把我们从楼房门口请到了家里的地毯上。地毯上坐满了过节的亲戚，他说，这是小儿子的亲家。有了陈老师的叮嘱，我没有敢接可得尔可西的话，只点点头微笑问好。

倒是可得尔可西坐下后换了表情和语气说，这是出车祸儿子的丈母娘和丈人。他再说，媳妇在军马场老房子里不来过节，她不愿想伤心的事。

三年过去了，家人仍然没有忘记车祸失去的亲人。

一大桌子肉孜节的食品，摆在那里就是过节。

可得尔可西的亲家坐在对面，向我微笑，招呼着我吃东西。笑容背后，她们失去女婿的悲伤隐隐还在。

我连一个字都不敢发出声，怕在过节里让他们陡然伤心。

可得尔可西的妈妈

我坐的花垫子是可得尔可西的妻子手工制作的，楼房里的地毯是买的，烧奶茶的壶是从哈萨克斯坦带来的。纯手工的坐垫、机器做的地毯、手工挂毯将楼房的家装饰成毡房里的样子。所有的摆设都没有明显的草原和现代城市文明的组合感，你坐下来，就进入了毡房。

奶茶飘香，奶制品香甜可口，那是草原上的家。这个家，在节日里暂时忘却了失去亲人的那份悲伤和痛。

可得尔可西说，好多军马场的人都搬到伊宁，有的搬到昭苏的楼房。他们住在楼房一年了，主要为了三个孙子上学方便。在楼房他们每天会想起马场的房子，孙子们放暑假、寒假，他们就都搬到军马场，让孙子们在草原上骑马、放羊、放牛。

他说，哈萨克族的孩子，生活在城里也要学会骑马，做一个合格的骑手。

说起可得尔可西的荣誉，妻子光是笑，并迅速从一个大柜子里搬出保存的所有的奖状。每张奖状从柜子里拿出时都是崭新的，像刚颁发的，有先进个人、优秀共产党员、1996年自治区劳模、赛马获奖、2008年给军马场学校捐款的奖状。

“这么多奖状呀！”听到赞美，可得尔可西哈哈笑着。

这些高贵的荣誉平时锁在柜子里根本没有人翻出来，经我一说，抖出来的荣誉证书一下子就把可得尔可西的过往晒出来，他就在这些过往里回到年轻时、回到过去，失去儿子、女儿、孙女的忧伤也一刹那从脸上抹去。

“看把老哈萨高兴的。”可得尔可西就在陈老师的玩笑里，哈哈笑着：“老哈萨了吗，都老了。”

可得尔可西说，在军马场的时候，大家都叫他哈萨。

一句“老哈萨”，就把军马场人当时在一起生活的温暖场景从几十年前喊回来了。

六十四岁的可得尔可西说：“走，去看老房子。”他丢下过节的亲家和孙子、妻子，马上领着我们去军马场。

军马场的房子都是平房，老屋里的地面是木板。

可得尔可西八十多岁的母亲，由孙子和重孙子陪着坐在炕上听水壶里的声音响着，水汽弥蒙了她的眼睛，她也丝毫不动地坐着。她戴着花头巾，坐在炕上，孙子们坐在她边上，不说话，也不做其他的事。即使生活把毡房改变到楼房里，她仍然坚持守在她最初的房子里，不去城里的楼房。

看着年代摆设，听着茶壶里烧开的水声，火炉里的炭火就从八十年前开始燃烧。

哈萨克族老年妇女头上的白裹巾叫阿克克米协克。你佩戴上白裹巾，就证明你是一位儿孙满堂的母亲，德高望重，有责任把民族传统的守则传给下一代。

1929年，可得尔可西的母亲还是一个刚生下来的很可爱的孩子，她躺在婴儿床上总是陪伴父母们搬着老毡房转场。现在她都是八十多岁的老人了。

可得尔可西的儿媳给我讲她陪伴的老人，她说：“感觉现在奶奶老了，干什么都和几岁小孩似的。有时候看到我们吃方便面她也喜欢吃，给我们钱要我们给她也买回来。她还喜欢把辣子放得特多，问她辣不辣，她居然说特好吃。还有她不喜欢别人给她洗衣服，她说别人洗的不干净。她还喜欢把炉子架（烧）得旺旺的，那个壶在上面不停地开。”

我说：“就像我们看到的这个场景，水壶永远开着冒着热气？”她说：“是的。”

“她还喜欢看电视，有时还喜欢和电视里的人说话。”

“她不认识表，她每天早晨起床特别早，晚上八点多吃饭时吃着吃着就像小孩子似的睡着了。她喜欢看《熊出没》，第二天还把看到的东西告诉给孙子们。记得有一次、我说奶奶晚上十一点了，您早点睡吧！她说没事，咱家的表十一点了人家的可能六点了。”

讲奶奶故事的儿媳，就是可得尔可西的儿媳妇哈力奴尔，一天失去三个亲人的其中小儿子努鲁恰特的媳妇。

我没有敢问哈力奴尔关于她的丈夫、女儿、大姑子姐姐车祸失去后的任何话题。她是我唯一在这个肉孜节见到的没有笑容的人。她见到我们，甚至努力着想挤出笑脸，但她阴郁的表情背后都无法遮盖住这个世界最痛苦的内心。

不能提起的话题，还有她的表情和偶尔的沉默，让我的心底潮湿，眼泪圈在眼皮里不敢下落。

2014年5月23日，哈力奴尔跟丈夫、大姑子姐姐，还有女儿努尔沙拉坐在同一辆去伊宁的车上，意外的车祸一天时间夺走了她最亲的三个亲人，车上的四个人唯一活下来了她。

很长时间，她都活在车祸的瞬间，然后埋怨自己：“上帝为什么让我活着而让他们走了？”

很长很长时间，她不敢坐车，不敢上街看到车。

她内心的伤疤不想让任何人揭开，她就住在她和丈夫一家四口生活过的军马场的老房子里，陪着不怎么说话的老奶奶，跟儿子过着清净的生活。

老奶奶每天听着茶壶的水声从白天到黑夜响着，她有空了也陪着老奶奶听着茶壶里的水冒着热气，一直响在她的心里。

一把茶壶响着的声音里，那是三代人的内心世界。

可得尔可西说，小时候昭苏没有现在这么美丽，他觉得昭苏似乎一下子就变美了。从他出生的军马场那时去县城都很让人发愁，如果不骑马就不知道怎么去、怎么回来。

现在有公交车了，也有小车了，再也不用发愁，不用骑马就可以去城里了。这个“城里”就是距离军马场几公里的昭苏县城，对于从来都没有进过城的牧民、边远山区的农民，这个“城”对他们而言已经很远、很大了。

雨天里，可得尔可西把我们从楼房的家里带到军马场的老房子里，又开车带我们去他昭苏西山里的牧场。

牛粪、马粪在雨里的粪味太浓，毡房门口都是马、牛、羊来避雨时留下的。

雨天里，老毡房里烧着火炉，茶壶的水在火炉里翻滚，一只黑小羊卧在炉子旁边，看到孩子们在毡房里玩耍，也跟在他们身后。小姐姐阿格兰、弟弟努尔特列克穿着可得尔可西的大皮鞋在毡房门外的泥水里跳舞，还冲着向我们坏笑。

那也是小时候的我们。

亲家弟弟的外孙巴哈加亲密地跟火炉旁边的小羊说话，一脸童趣。

张仁艳问："小羊多大了？"

可得尔可西的亲家和儿子、儿媳妇还有几个孩子都笑起来，笑得很开心。他们不会这样问，他们都说，羊几岁了。

肉孜节的最后一天，可得尔可西的西山牧场的老毡房里照样摆满了过节的奶制品。

我问："下大雨有客人来吗？"孩子们说："等一下就来人了。"

亲家儿媳妇的弟弟的女儿阿依波塔，开学就上四年级了。上学的时间在县城上，放假了都来山里牧场，看看弟弟、妹妹。下雨天，外面的馕坑无法烤馕，她们吃的馕、奶疙瘩都是以前做好存下来的。

可得尔可西的亲家带着儿媳、孙子在山里放牧，她家有三百多只羊，顺便把可得尔可西的一百零六匹马还有羊也放了。

可得尔可西每周来一次山里牧场，儿子每天来。

因为下雨，可得尔可西的马都从很远的草场聚拢在老毡房门口，似乎它们是为了主人的到来而闻着气息来的，我们在马群里拍照、追赶都没有把这群马赶跑。可得尔可西亲家的几个孙子，大的抱小的，跑出毡房跟在我们身后疯跑。在草原的雨天，他们也像在晴天一样，加速地跑。

也许西山牧场很少来外面的人，尤其是大城市里的女人们。孩子们追逐着我们的脚步形影不离，不到半个小时，那感情从陌生马上上升到亲密无间般的亲情。

黑色的、红色的、枣栗色的、白色的马儿们在毡房门口听着可得尔可西的声音，打着响鼻，互相咬着脖子、尾巴撒欢。

可得尔可西说，每周他来牧场，马儿们都会不约而同地集合在老

毡房门口。走时，他吹一下口哨，看到他开车离开，马儿们才又回到原地吃草。

他说，这些牲口们养的时间长了，跟人一样都有了感情。它们都认得他，他也放心不下它们。所以才会每周来牧场看马、看羊，看这些活着的牲口对人的依恋。看到牲口们，他的心就踏实了、放心了、舒展了。

从楼房里的毡房，到平房里的毡房，再到山里牧场里的老毡房，亲情都在里面，温暖一点都没有少。

一个蒙古族牧民老远看见可得尔可西，兴奋地跑着，带着手势和表情说了几句蒙语。我们没有听懂说什么，可得尔可西就在下雨天的草原上哈哈哈笑起来，笑得草原上的马都要回头看他。

我问："他对你说了什么？让你笑成这样。"可得尔可西还笑，我感觉他的笑把雨都笑下来了。他最后捂着嘴巴笑，算是忍住了笑点。

可得尔可西说："这句话女人不能听，你想听，我就说给你听。他对我说，你家的公马，你家的马哈，是真正的男子汉。"

此时，可得尔可西的笑声传给了我们，我们就笑成刚才可得尔可西的样子。

可得尔可西再笑："你看你看，我说不说，你们要我说，说了就笑成这样子了。不好嘛！脸蛋红红的了。"

"明年你们可要再来，我给你们宰羊。"

我眼里的昭苏

有人说昭苏应该是：“百亩庭中半是苔，桃花净尽菜花开。种桃道士归何处，前度刘郎今又来”（唐·刘禹锡《再游玄都观》）。“黄萼裳裳绿叶稠，千村欣卜榨新油。爱他生计资民用，不是闲花野草流”（清·乾隆《菜花》）。“篱落疏疏小径深，树头花落未成阴。儿童急走追黄蝶，飞入菜花无处寻”（唐·杨万里《宿新市徐公店》）。

还有人说，昭苏应该是温庭筠《宿沣曲僧舍》中的诗意：“东郊和气新，芳霭远如尘。客舍停疲马，僧墙画故人。沃田桑景晚，平野菜花春。更想严家濑，微风荡白苹。”

也是秦观词《行香子·树绕村庄》里的江南：“树绕村庄，水满陂塘。倚东风、豪兴徜徉。小园几许，收尽春光。有桃花红，李花白，菜花黄。远远围墙，隐隐茅堂。飏青旗、流水桥旁。偶然乘兴，步过东冈。正莺儿啼，燕儿舞，蝶儿忙。”

更有人喜欢昭苏是范成大《四时田园杂兴·其二十五》中描写的那样：“梅子金黄杏子肥，麦花雪白菜花稀。日长篱落无人过，唯有蜻蜓蛱蝶飞。”还有刘过《水龙吟·寄陆放翁》中所写的归田：“谪仙狂客何如？看来毕竟归田好。玉堂无此，三山海上，虚无缥缈。读罢《离骚》，酒香犹在，觉人间小。任菜花葵麦，刘郎去后，桃开处、春多少。一夜雪迷兰棹。傍寒溪、欲寻安道。而今纵有，新诗《冰柱》，有知音否？想见鸾飞，如椽健笔，檄书亲草。算平生白傅风流，未可向、香山老。”

据说，昭苏有上万年的历史，久到历史都成了一根草、一首诗、一个很远的传说。

而我眼里的昭苏，是在眼前的，让我身心能够领略而又感受到的。

昭苏的云彩之美，美在万马奔腾、轻声低语，美在云彩的瞬间变化和行走。

昭苏晚上十点多的草原牧场，那是大地之美，美在一个小马驹的青涩爱恋里。夜黑得连星星都没有，在幕布一样的灰蓝里慢慢变白。

昭苏的早晨，是从早晨五点钟的暗影里婆娑出来的。

从昭苏宾馆经过军马场、灯塔牧场，再到解放桥向左拐，一路上的草原和农田都是暗影，绿色在凌晨还没有翠绿的颜色。白色的毡房在凌晨是最有颜色的一种存在，它让天空醒得更早。

昭苏的早晨，露珠在所有的草叶上闪着，衣布带褛，鞋上被露珠一点点打湿。那湿，从零星的一点像小雨一样慢慢打湿鞋子。有马儿打着响鼻从眼前经过时，已经可以看到天空下所有的事物。放羊的马都是用绳子把两只蹄子绊起来的，这样马不会跑出毡房很远，牧人只需要向四周张望就能看到马在哪里。

早晨，羊群都在羊圈里互相拥挤着，看到我们连惊慌都没有。它们睁着好奇的眼睛看着我，眼神里是清澈见底的表情。

在夏天六月的昭苏，一天能碰到五次转场的羊群。在路边，在特克斯河边，在牧场深处，大尾巴羊甩着它们的尾巴，旁若无人地行走在它们的路上。当我踩着高跟鞋跟在它们身后学着它们咩咩叫时，它们才会加快速度向前冲跑。

在牧场，做一个草原女子的愿望很真实。只要停下来，只要跟着牧人的脚步和羊群的足迹向前行走，仅此而已。

在塔斯不拉克牧场，山连着山，还连着诗人的墓碑。诗人的墓碑由蓝色和白色组成，在绿色的草原上，连墓碑都温暖着陌生的路人。不管是伟大的哈萨克族诗人、民间文学家阔依德木，还是草原石人，他们都在蓝天下、绿草间，把灵魂敞亮给草原，把传说故事留给后人们一遍又一遍解说。

塔斯不拉克心灵牧场，从公路两边开始进入视野。山边连着牧场，牧场连着公路。随便歇一下脚，赞美声就从你的嘴巴里呼之欲出。牧歌昭苏，天马故乡，不是家乡却似家乡。爱这里的一顶毡房、一匹马、一只羊、一头牛、一片草原、一片油画一样的纯美土地和这里热情好客的昭苏人。

在行走中，你能抓拍到转场中的牧人的表情，也许他们一直在转场，从冬天的冬窝子到夏天的夏牧场。他们跟着羊群离家又回家，他们打着口哨，赶着羊群，向水草茂盛的地方一直出发。

你还能想起小时候剪羊毛的生活吗？很久远了，是吧？在阿克苏牧场，这个久远的场景就在眼前。生活在现场时，所有的细节都像电影一样从过去复苏。临走时，一个哈萨克族孩子向我张望的画面让我心头一热。那个孩子，可曾是四十年前的自己？

在喀拉苏牧场的另一处，水泥路上是小拖拉机搬迁的毡房，四周是湿地。刚刚搭建的旅游景点，现代中透着古朴。

在喀拉苏牧场，四十年前的古老毡房出现在眼前，那是我小时候在巴里坤草原上看到的毡房。一臊新鲜的牛粪，一个原始的锅灶，一个火炉，一个简单的家，甚至连毡房的底都是用芨芨草铺垫的，唯一现代化的是外面的一个小太阳能发热板，白天储存光能，晚上可以照明。喀拉苏牧场戴着牌号的新疆褐黄牛奶牛，生产出烧奶茶最好的牛奶。奶牛们领着小牛悠闲地吃草、睡觉，目中无人地忽略来人从它们周边走过。这个世界的嘈杂和浮华都远离着它们，它们咀嚼着嘴里的青草，那青草沫染绿了牛的嘴巴。

在前行中，你能看到路边的昭苏汗血马，仅仅两岁，却有着剽悍的身形。

在萨尔阔布乡苏吾克托海莫英台沟，努尔台六十五岁的妈妈跟媳妇和孩子一起看护着乡里新打造的旅游景点。六岁的儿子在我们和他的奶奶之间当起了汉语翻译。莫英台沟，草长鹰飞，小河清澈流淌。莫英台沟的哈萨克王的毡房刚刚搭建起来，我们是第一批游客。艾山老师跟我们一起来到莫英台沟，他一进王帐看到冬不拉，坐下边弹边唱起来。毡房，冬不拉，组成哈萨克族人的家。一顶毡房，就可以下坐，像家的感觉；一把冬不拉，就可以弹出哈萨克族人的生命乐章。

加苏扎克老师说：“莫英台沟是最清澈见底的一条河，你不信，就来吧。”

昭苏的山太美，上苍把天山山脉最秀气的山给了昭苏，留在了昭苏。

哈萨克族人的生命不老，驯鹰名人哈山老人，六十岁时参加哈萨克族民间的叼羊比赛，七十六岁了仍然骑着马在空旷的草原上训练他的雄鹰。

艾山老师家的哈萨克族非遗项目山羊舞和白毡帽让你在草原上的生活变得很有意义。

推开哈萨克族毡房的每家的门，家里都有一把冬不拉。张开每一张嘴，歌声悠扬，内心温暖。

冬不拉弹奏的昭苏草原，你会被陶醉。

你会来到喀夏加尔的民间文学家、诗人卡哈甫的家，看到他十岁的徒弟昂萨尔、十一岁的孙女阿亚拉学习冬不拉。

我们童年的草原应该是这样。

路边的昭苏，美到极致。加苏扎克老师说，这还不是最美的时候。走在昭苏民间文学家加苏扎克老师三十年前搜集、整理民间文学的路上，曾经的烂泥路变成今天的水泥路，三十年的变化，不仅变化在路上，还变化在人的思想里。

开车的小闫停下车，给我们拍了几张留影。他说：“我作为昭苏人，天天看昭苏的风景都没有看够，何况你们外地人。”

昭苏连下雨都下得多情，昭苏的天气就是一个任性、调皮、可爱的小姑娘，让人捉摸不透，给你不断的意外与惊喜！昭苏的雨，来得快也去得快，飘来一片云就会带来一阵雨，东边的太阳、西边的雨交相辉映。太阳雨、太阳冰雹，使得最多一天可以看到七道彩虹。雨天已经成了昭苏的奇幻景色，昭苏人说：“每天几场雨，把昭苏的天空洗得蓝蓝的，空气滋得润润的，草场浇得绿绿的。”

在昭苏，一天下五次雨是常有的事。出门看到下雨后的彩虹、路边的牧民，还有特克斯河，河边的草原，这是我们的家乡。

在阿克苏牧场，看到一对马儿的爱情。我站在它们身后时，它们却旁若无人地彼此诉说着草原和海的故事。它们忘记有人类的脚步和视线从眼前穿过，它们给草原的那种爱情仅是我随手拍的一个故事。从头至尾，它们就没有想到有人张望，它们忘记了世界，只享受天地之间的爱情。

我眼里的昭苏、眼里的天马、眼里的草原、眼里的毡房、眼里的油菜花，都在这里，轻轻触碰手指打开链接就是。

可得尔可西家山里的马，雨天也不放弃吃草。雨中用手机拍照，跟天马们也得说再见，感谢马儿们带给我们奔跑和闲散的自由。

有人说，在昭苏做一匹马都很幸福，因为可以自由奔驰在属于自己的草原上。

不管是山里夏牧场的孩子们、苏吾克托海学校的女子足球队员和男子足球队员、学校的校长教练们，还是艾山老师的孙子们，愿你们学习快乐、生活快乐，享受草原的春、夏、秋、冬。愿苏吾克托海学校的女足队员们集体进入国家队，梦想成真。

世界上有一种极致的美、极致的爱，叫“夏塔之恋”。爱它，从婴儿睁开眼睛的刹那开始。

万亩是数量上的丈量，其实你还不是足够的黄。就在这半开半醒之间，我只需要一瞬间和你接触。在这之前，我有时会忘记自己是一个诗人，把十八岁的草原丢弃在南国的大海身后。

看见你时，我知道，曾经的草原都在你覆盖的四野，慢慢地向我靠近，那是十八岁的自己，那是被油菜花复苏的我。

喀拉苏乡克西萨尔阔布村的维吾尔族女孩阿依尼格尔，你是棒棒

的。你优美的现场舞姿就是你奔放的青春草原。你说，你想去外面的世界走走看看，你说你从小长到十八岁，还从来没有离开过昭苏，去外面的城市走走。你的世界从每场草原赛马的活动开始，草原是背景，蓝天是幕布，手机音乐是伴奏，而赛马手和赛马都在欢呼声中到达终点。你仍然跳你的舞，赛马的小伙子们仍然跃马奔驰。

一杯奶茶，一个馕，一个久远的古老毡房，如果有一种情怀叫思乡，那么你所有的都是我想念的。

天山脚下的洪那海河畔，圣佑庙内古木参天，八座建筑错落有致、布局对称，除照壁、山门、前殿、大殿、后殿按中轴线建筑外，左右还有硬山顶配殿和八角形双层双檐阁。圣佑庙主体建筑，大出椩，高举折，陡屋顶，四角飞檐呈龙头探海之势，檐下斗拱，为多层挑枋肩之，工程精细，鎏金沥粉，雕梁画栋，金碧辉煌，巨柱擎起的殿廊上绘有珍禽异兽、猛虎雄狮、金鹿麒麟、凤凰弥猴，千姿百态。大殿正壁还绘有二龙戏珠、凤凰比翼、子牙钓鱼、苏武牧羊等我国传统风格的壁画。

火海草原发源于天山北部冰川的夏塔河，从崇山峻岭中一泻而出，划开平坦的草原，向北汇入特克斯河。站在夏塔草原上，可以远眺云雾缭绕中闪现出的海拔近七千米高的汗腾格里峰的雄姿。

“汗腾格里”，在蒙古语中有“天王”之意。夏季日暮时分，太阳向西边的天际落下去，天色开始变得暗淡，忽然之间，你发现整个草原似乎变成了一片火海在燃烧，峻峭的雪峰也已被晚霞映成了通红色，一切都是那么的辉煌壮观。

昭苏的夏天，是那种绿，绿到天边，也绿到眼前。绿的山顶着白的云，白的云顶着蓝的天，蓝天下是红色、蓝色、深绿色的彩钢瓦的居民房。马、牛、羊生活的草原，是哈萨克族人的家园。

所有的画面对我而言仅仅是路过而已，车过处都是景致。青年油画家张仁艳说：“我还要来昭苏，以前的油画很少用绿色，这次回去后一定要把绿色用足。这里的绿色是清脆的、有层次感的，从深绿、墨绿、浅绿、淡绿、黄绿、中绿、草绿到橄榄绿、嫩绿，中间夹杂着油菜花的黄。”

告别昭苏，张仁艳老师水墨中的油画昭苏是心灵之画，意韵万千。来过，就知道能用笔墨表达出来的情感是一种深爱。

不管是多么宏大的事件，还是微不足道的过程，现场就是新闻人、作家、艺术家所展现的真实。愿真实的昭苏给远方的朋友们带去温暖的邀请，来昭苏，看你期待的风景。

从没有荒漠的绿、黄、紫，再到荒漠、戈壁、沙漠，视觉里的都是新疆，行程里的都是曾经的记忆。有些明亮，有些暗淡，有些沉默，有些一闪而过，有些永远铭刻。

昭苏军马场的紫苏，临走之前才亲近着走近。你那么的紫，又那么的绚烂，我仍然不能带走你，就把你留在有时代记忆的军马场吧。

冬不拉之乡萨尔阔布的明星家庭热黑拉四代家人，在冬不拉的世界里，愿你们永远幸福、和睦、快乐。愿艾山老师的山羊舞继续传承。萨尔阔布，我分享着你的《故乡》，把《思念》留下。愿冬不拉弹出这个世界最美的和弦，那么我只带走《劳动曲》，带走这里的纯净、淳朴、善良和快乐。

先把油菜花的黄珍藏下来，等待大片的黄燃烧我。

在喀拉苏乡阿克齐民俗村，我挥别眼中的油菜花，满屏还是纯美的草原和牧场，还有不舍的孩子们。我把草原上属于你们的所有花朵和颜色，还有幸福和快乐都留下来。

从巴里坤草原到昭苏草原，从二十五岁之前的草原之路到五十岁的寻根行走，这是对原生态草原生活的复苏之路。

感恩昭苏，感恩这里淳朴的人们，感恩这片纯美草原带给我的回归。

把最美的花、最美的景留给昭苏，我带走的仅仅是我来时的自己。

妈妈的白裹巾是纯洁的标志
妈妈戴在头上一片安宁
妈妈的白裹巾是前人的遗存
铭记太多先辈的记忆
妈妈的白裹巾讲的礼仪
妈妈戴上它多么文静
妈妈戴上它见人行礼
祝福我也祝福你
今天我戴上白裹巾
为传承前人遗训
唱起白发母亲的歌呀
把她的教诲记在心里
聆听爸爸嘱咐
用母爱育人
白裹巾包起秀发
保持前人的风韵
白裹巾是母亲的传承
白裹巾是慈母的象征
世世代代为后人着想
戴上妈妈的白裹巾
把自己扮成成熟的母亲
白裹巾呀
你和洁白毡房相成相依
是我心中永远也唱不尽的歌

——哈萨克族民歌《白裹巾》

后记一

我从来处来，向去处去

一

小时候，我总是问我妈：“我从哪里来的？”我妈连头都不抬起来就回答：“石头缝里出来的。”

小时候，我特别喜欢石头缝，我希望在那里找到我变成人的证据。所以我小时候挖野菜、放驴，都会绕在有石头的田地头。那种寻找生命诞生的执着一直持续到我的青春少女时期。

我大多数时间更喜欢在哈萨克族牧民转场后的毡房外，绕着拴马的石头找自己的来路。直到有一天，我看见哈萨克族转场的马背上挂着小摇篮，摇篮里面有婴儿的哭泣声后，我不再去寻找从石头缝里变成人的证据了。

那时我已过了童年，村子里无数个大肚子女人把她们的孩子生在自己家的土房子里后，我看到我的玩伴翠娃子的妈妈从那婴儿哭声的房子里出来，并向村里的人说：“生了个儿子！”这个全村唯一的接生婆用她的接生技术给了我新的结论：人是从母亲的肚子里出来的。

然后，我自己为我家的母羊接生了小羊，也看到了村子里的狗、猪、马、牛生小崽子的全过程。

我还看到了乡卫生院的厕所里被引产的鲜红的小生命。那一刻，我惊慌着连裤子都没有来得及提起，就逃跑出厕所。至此，我不敢去医院，不敢上医院的旱厕，不敢在最好的年龄去怀孕，并且孕育一个新生命。

我执着地寻找生命的过程，让我沦陷在小时候医院的厕所里。

二

我是谁？我从哪里来？我到哪里去？

这一生里需要回答的三个问题，我只明白了第一个问题后，就带着行李在春节来到深圳。冬天的深圳，当满树的紫荆花轻柔地飘在我的眼前时，我知道我来自新疆，一个叫巴里坤草原的地方，那里有一条河叫大河，那里的人都说“我们大河”。

在深圳，我回答了无数次同事、陌生人的问话：“你来自哪里？”

我无数次地告诉她们：“我来自新疆，来自草原，来自巴里坤的大河。我父母来自江苏，是第一批从江苏支援新疆建设的支边青年。”

在深圳的十八年，我无数次回答同样的话，从来没有厌倦过，也从来没有回避过。我在深圳属于外来人口比例很少的新疆人，我对新疆的描述就引发了深圳人对新疆的向往。

2004年，我的户口从哈密迁到深圳，当我拿到深圳身份证，成为一个真正的深圳人后，我仍然耐心地回答着同样的问话：“你来自哪里？”我的回答永远是：“我来自新疆。”

十八年，从三十二岁到五十岁，在我的壮年人生里，我把“从新疆来”当作回答题，回答了十八年。我从回答题里，一天天变得圆润、成熟、稳重、坚强；也一天天像一个南方女人，把青春里草原上的紫外线痕迹全部消退在南方湿润的季节里。南方人的基因在南方，那是一种基因的回归？

回归不了的是，在远离故乡的十八年里，小时候寻找生命证据的符号还会经常在我的梦里出现。

三

我是谁？我是我。我从哪里来？我从该来的地方来。我要到哪里去？我要到去处去。

2016年6月，我在新疆昭苏县宾馆，用同样的问话问昭苏县委宣传部小赵：“你从哪里来的？”小赵说：“从石河子。”小赵于2013年大学毕业参加特岗考试到昭苏，在这里当老师，两个月前借调到昭苏宣传部。小赵是夏天时来的昭苏，她是从石河子坐火车坐了一个晚上，再坐三个多小时大巴到昭苏的。我还问过另一个小刘，他是从新疆霍城招考到昭苏的，他是在冬天的季节坐了五个多小时车来到他工作的地方昭苏。

仅仅短短的几年，他们身后的出生地就变成了故乡。说起他们的新户口地昭苏，这里已经成了他们家，他们新的家乡。

我在昭苏问得最多的人是哈萨克族的乡亲们：“你们最早从哪里来？”

他们微笑着，说：“很远很远。”

当我的耳边再次响起哈萨克族的民歌《故乡》时，我无法再继续问下去：

唉，娃娃，快告诉我，这一别究竟有多长
哟，这一别有多长

——哈萨克族民歌《故乡》

原来这个很远的很远的地方叫《故乡》。

四

我坐在诗人卡哈甫家的地毯上，听着卡哈甫用冬不拉弹唱的哈萨克族民歌《劳动曲》，那曲子里的劳动场面就在我眼前一遍又一遍“浮现”。我终于明白，我们为什么始终要回答：我是谁？我从哪里来？我到哪里去？

为什么哈萨克族人从不问这个问题，因为他们总把故乡带在身边，家乡里呈现了故乡的一切。

哈萨克族人不管在哪里居住，不管居住的房子是老毡房、土坯房子、红砖房子还是城市里的楼房，房子里都是最初他们生活过的样子，几百年、几千年都不会改变。挂在墙上的挂毯，铺在地上的地毯，他们天天喝的奶茶、马奶子，吃的馕，天天相同，年年相同，从不改变。

不管贫穷，不管富裕，哈萨克族人都不会拒绝家门口的乞丐，他们会像对待家人一样，让乞丐吃饱喝足、出门上路。

哈萨克族有句谚语："祖先留下的财产，有一部分是留给客人的。"

作为游牧民族，哈萨克族人对草原的感情就像对待他们的生命，因为草原是他们四季转场的草场，是马、牛、羊活下去的生命之地。在哈萨克族人的眼里，任何人都不能践踏草场、破坏草场，草原是每个人的故乡。

五

我用汉语拼音打字法在手机微信里发送"从家乡到故乡"几个字时，我的一个学生问我："老师，家乡和故乡有什么区别？"

我说"家乡和故乡应该是一个人远离出生地的时间近和远的区别吧。近的叫家乡，远的叫故乡。"

她说，第一次把“家乡”和“故乡”两个词弄明白了。

她真的明白了吗？我不能确定，因为她从来没有离开过家乡，我曾经的家乡是她现在仍然生活工作的地方。她的母亲，她的孩子，她们和她们熟悉的家乡人还在这里。如此，她们从来不知道，我眼里曾经的家乡已经变成了我的故乡。而她总是过一段时间问我：“老师，夏天你会回家乡吗？老师，你今年回家乡吗？”

她像一个孩子，像我小时候执着地追问我的来路一样，幼稚单纯。

她也从来不知道，一个人离开很长时间的家乡成了现在好多人的故乡。

把家乡和故乡给我的学生做了浅显易懂的解答后，我自己问自己：什么是家乡和故乡？

故乡，就是你曾经出生的地方、生活过的地方，也是你把自己从出生地迁移出去的地方。在所谓的故乡，有鲁迅怀念的少年闰土，有萧红的呼兰河，有沈从文的湘西，有张爱玲的上海。

把你的出生地变成故乡，是因为你生长的这片土地已经没有了你曾经的户口，没有了你曾经的一亩田，也没有了写着你名字的花名册。你是属于这片土地的在城市里的外乡人。

我已经远离原生家庭，老家已经从家乡变成了故乡。

而你，把家乡变成故乡已经多久了？

六

在昭苏，我把我发现的哈萨克族的传统文化手工艺都编辑成《故乡》系列栏目发在微信里。

在新疆做文化导游的吴晓飞看到我微信里发的昭苏哈萨克族的白毡帽制作工艺后，给我发信息：“我在昭苏班车上看见串珠的围巾，绣着特别图案的帽子，我特别喜欢。今天看到你发的图片，我才知道了关于制作哈萨克族帽子的工序。”

她说：“我不喜欢太过娱乐和野史化的讲解，事实上一些传承的图案都有着深厚的底蕴，我觉得人们总是在追逐利益时抛弃了那么多的美好……很多时候，我们从来处来，那里有草原、雪山、淳朴的牧民；我们到去处去，我们已深深地有着来处的爱与情怀，去处的一棵草、一堆牛粪便可搅动我们来处内心的湖……”

吴晓飞接着说：“记得有一次我在巴里坤的家里，县里不知道哪个部门的领导去考察一个老板要投资的一种改造的炉子。当时我家院里就有一个试用的，但是不知道是哪里设计有点不合理，烟很大。因为烧牛粪，就不好闻。我当时也不知道他们是谁，就实话实说了，为什么改造这种传统的烧牛粪炉子？有个人当时就批评了我，他说，时代发展了，还守着古人的方式吗？不进步吗？一直烧牛粪吗？后来我知道了他的名字，因为我在《甘露川文存》中看到过他的名字，从此我不再读他的文字。在有次日志中我写白石头时还提到过这段细节，我说，不是他批评我批评得不对，是他对一坨牛粪的态度。时代快速的发展，让我们那么快就背叛那些每家门口码成长溜的牛粪、那些傍晚袅袅炊烟里的熟悉味道吗？”

我们是用微信对话，我马上回复：“我太喜欢你写的这段文字。我这几天在昭苏看到牛粪就亲切得不行，使劲拍照。那是童年的美好记忆和特殊的味道。”

还在旅行中带团的她，马上给我回复：“是的，童年的香甜饭菜都是牛粪燃烧给的热量，每次都吃完饭了，锅也洗完了，去洋芋埂子上，看哪里裂了口，掏下去就是个大洋芋，然后把它埋在做完饭的牛粪灰里就出去玩了。玩够了回来，从牛粪灰里拿出洋芋，吹吹，皮一撕，酥黄香甜。所以我从不鄙弃一堆牛粪，在我成长的岁月里，它给我的是这般美好，没有不好闻，只有暖暖的记忆。”

我回复：“我特感动你的话，我在昭苏草原，复苏的是儿时的草原记忆。”

吴晓飞在行程中的路上，继续给我回信：“其实草原上的生态很脆弱，有一次我带着客人在去往布尔津的路上，大概是在和什托洛盖，有骑马的小伙子赶着羊群、牛群经过，很多人停下拍照，我们的旅游车也停下拍照。这时前面有辆商务车停车后，把车内吃零食的垃圾全部撒在了车外。我就过去说他们，我说知道淳朴的牧民为什么慢慢地不喜欢你们了吗？知道你们撒下车的零食包装塑料垃圾牛、羊吃了会怎样吗？牛、羊吃了会不消化，死掉。而这些牛羊都是我们牧民的财产。但是商务车上的人说我多管闲事，扬长而去。通常我都会给我的客人讲，我们的牧民生活就是依赖着自然，并遵循着自然，遇上天灾时只有默默承受，但请不要在这连悲伤都节制的草原民族面前增加人祸，他们善待着自己的每一只牛、羊，远远就能辨得它们。”

从昭苏到巴里坤，吴晓飞就在车上给我回忆起她在老家时候的生活情境。她的老家巴里坤成了她的故乡，也成了我的故乡。她说：“在巴里坤，距离我家不远都住着很多哈萨克族人。记得有个大冬天里，世界是白色的，海依拉提大叔的帽子在这白色里耀耀地闪着红色的光亮。我当时没有仔细看他的帽子是几片，大体也是分成片缝制的。海依拉提大叔说，是狐子皮做的，并说秋天的狐子皮好，还说到沙狐子。我发现，无论是帽子还是皮裤子、鞍具，在这天地里都有着极艳的颜色，很多时候，我总是在想，做的时候，女主人是带着什么样的心情把她们内心的愿望和梦想都织进这些手工艺里去的。有一次，我和妈妈去我家后面巴里坤西山搬来的哈萨克族人家里，我去的时候她们在织花毡，我马上拍照记录了。还常去南山马圈沟乌卡普大叔家，和他家的儿子上山采过雪莲，和他家的孙女跳《黑走马》，忽然有好多草原的记忆。”

吴晓飞继续打字：“很多时候，纵然在外面无论经历或者正在经历什么，甚至自己难过的时候，只要朝着故乡的方向去，只要踏上故乡的土地，我说不清楚是什么力量，让我忽而心下澄明、安宁……有一次天刚黑我到村口，那个时间在城里的夜刚刚开始，但是村庄静悄悄的，有稀落的灯光暖暖地亮着，村庄北高南低，坐北朝南，我就那么站在村口，黑夜里我能清楚地知道每一个院落住着谁家，村庄的样子始终在我心里。在村庄最下面，同学的爸爸种了很多的野玫瑰和树，那里葱郁馨香，村庄中间的同学家种了野枸杞，夏天院里院外开着花。当然还有村庄最上面的我家，院里院外开着很多花……这里，是我们的精神家园。我想，不仅是我，还有和我一样离家的人，她们都记得曾经的那个家。记得有一次去哈密，旁边坐着一位白家庄子的老爷子，他说儿女要给他买房让他去城里住，他说我干嘛去，我哪儿也不去，我的大大（西北方言：爸爸）、妈妈就睡在门前的沙河里，我去哪儿？”

从吴晓飞的文字里，我能看到她清澈的内心，还有她内心的故乡，她写在微信里的话，就像我写给她的一样：“是的，很多时候，我去门前的沙河，风声里恍惚有姥姥、姥爷的故事，一切似乎那么自然，从来处来，到去处去……故乡用她自己的方式，诉说着她本身和故乡的一切。”

七

一个同是故乡的女子，一个在旅行中看到一顶帽子就和我聊起家乡的女子，我们显然都对故乡有着同样的情感——从初始时的家乡，到离开很久时的故乡。

我们同在昭苏的图片里生情、回忆、追忆，然后牵扯出我们都怀念了很久的故乡。

昭苏不是我和吴晓飞的故乡，似曾相识的生活场景里给我们提供了相同的记忆。就像你曾经从另一个乡村走向城市，就像你的乡村里也有我儿时同样的现场，就像你和我一样怀着那时走向城市的梦想离开家乡一样，我们都在一条离开的路上又在不同的城市回归一样，家乡不同，而回归的路都相同。乡音不同，你和我却不是陌路人。

也许，你在回归的路上偶尔看到这本《天马归来》，甚至书里的人名没有你熟悉的一个，但你眼角湿润，情感奔涌，只为书名叫《天马归来》，而你正在返回故乡的路上，为你曾经熟悉的那个故乡，心怀感恩，心存念想，你觉得自己也是“天马”中的一匹！

就这样，我将感谢你！新疆昭苏感谢你！

感谢你用这样的方式记住昭苏，记住《天马归来》！

后记二

从《故乡》到《天马归来》

一

本书原名为《故乡》。2018年的大年三十，我坐在十里银滩的新家里给书收尾。电脑桌面向窗户，窗户挂着紫色的本色图案的罗马杆窗帘，耳边响起的是2018年过年的鞭炮声。窗外是每家新贴的春联、门联，挂的红灯笼。

一晃眼，二十年前，我从挤满兄弟姊妹的大家庭里走出草原，把母亲和兄弟姊妹们的孩子接到深圳。深圳繁华地带高层的城市天地六十平方米的小小房间聚集了我家祖孙三代人的气息和体温。

二十年过去，在深圳家里的祖孙三代全体成员再次分离。在深圳住了十年的母亲没有回江苏老家，而是重返哈密新的房子，回到父亲埋葬的地方，那里也是母亲的家。母亲的老家江苏已经远离她太久，即使那里埋葬着她的母亲，她还是回到了埋葬父亲、断开孩子们脐带的地方。侄子外甥们都有了各自的家，他们先后从我深圳城市天地的小房子里一个个搬了出去，连同他们的体温都带走了。

在十里银滩的新家里，现在只剩下我自己的体温和气息，所有的老家都成了新家，所有的新家慢慢变成老家。不仅乡村，连城市也一样。我，五十多岁的年龄，又把自己从新家开始往老家过渡。

在大年三十的除夕晚上，我再翻出2017年夏天去巴里坤出生地的大河家拍的照片，一时泪湿眼眸。我的出生地的家因长久无人居住打理，破败荒芜。我当时对弟弟说，如果我在家，即使我搬到城里，我也决不让自己的家荒芜落败成这样。

1998年的春节，我独自一人背着行李从哈密的家里坐着火车向南方出发时，我都不知道我要去哪里，我要去陌生的地方做什么。在火车上，我背对着哈密，哭了一个小时。车上打工返乡的人们以为我是第一次出远门，上来劝我："第一次出家门都会这样，时间长了就好了。"我只能点着头，感谢陌生的人们的善意。那是我唯一一次在火车上的嚎啕大哭，犹如生离死别，似乎这一生再无法回来。那么多人劝我，我的哭声居然停不下来。而这一生，走了后真的再无法回去了，老屋破败，将成废墟，原生家庭里的兄弟姊妹也不能回到小时候的现场了。

一转眼1998年都成了二十年前了。二十年里，我从新疆搬到深圳，又从深圳搬到海边的房子。不停地搬离的房子，只有出生地的大河的房子我们叫它屋子、老家。只有这个留下脐带的屋子，才跟其他的房子有所区别。

大河的老屋就像昭苏草原上的老毡房、老土坯房子，只要有人在里面居住，老屋就不会倒塌，屋里就有了生机。

而我们的老屋，人去屋空。

我一直问自己：在行走的一生里，故乡距离你的一生有多远？

有多少人会问自己这个问题？有多少人忘了自己的脐带之门？又有多少人离开后再没有踏进过老屋一次？多少人把家乡变成了故乡？面对荒芜的原生家门，谁又能像最初那样回去？

故乡可以回去，家门却越来越远。

二十年前的1998年的春节，我从新疆出发到南方寻找蓝色的大海；二十年后的2018年的春节，我在鞭炮声里回望草原，在蓝色海边的房子里完成本书的收尾。时间多么可怕，仅仅用二十年的时光就可以把一个人的出生地从家乡变成故乡，把一栋土坯屋子变成落败的废墟，更让你把乡愁永远遗忘在未来远离的路上。

所谓的乡愁，是因为你和乡村之间有过生命的印记，你的几代人，祖祖辈辈曾经在乡村的屋子里从生到死，从来没有离开过。有一天，你离开了乡村走进城里，你身后的乡村慢慢地就成了你心灵中的思念。在城里陪着你一丝丝失去的那份思念，就成了中国人灵魂的精神家园。

环保电子鞭炮在耳边响着，美丽的烟花在黑夜里绽放出五颜六色的花朵。黑色的夜里是安静的大海，在黑夜里，大海的蓝色已经融进黑夜。

此刻，我多想点着火炉，坐在炕上，像十八岁那样，望着火炉里的火，写下我给巴里坤草原上的这片大河青春又忧伤的文字。十八岁的火炉，在我的生命里一直燃着，从没有熄灭。我归不归来，它都在荒芜的家里燃着，那片草原上的马、牛、羊也像十八岁那样，遍布整个草原，给整个冬天的村庄展示着生命的肥壮和生气。那时，那片草原还是我的家乡，不是故乡，村子里住满了左邻右舍，只有我一个人在寒冬里想着怎么从这冬天的草原走向蓝色的大海。那个青春十八岁的少女梳着黑色的长辫有张被火炉烧红的青春的脸庞。

那时，我的草原很美，叫大河的村庄很美，正青春的我也很美、很健康。我很美的家乡，她是我现在的故乡。

在2018年的大年初一，阳光温暖地打进来，让新家有了光亮。像五十年前我出生时睁开眼睛看到的世界那么亮。我都不需要看两年前在昭苏现场拍的图片找感觉，电脑键盘上的文字就有了故乡的味道。在昭苏草原上，我和四代同堂的热黑拉的爷爷、爸爸，三代同堂的卡哈甫、艾山阿肯，驯鹰人哈山聊着他们对故乡的行走和眷念。他们的祖辈们行走了几百年，他们的故乡都在随行的毡房里。甚至毡房已经被土坯房子、砖房代替，他们的家里仍然还原了毡房里的一切，他们仍然过着几代同堂的生活。昭苏让新房按规划走，让老房子、老毡房、蒙古包保持原样。新和旧在一个城市里融合交会，你可以从新城里回归老屋，又从老屋里走向新城。骑马的，赶马车的，赶牛车的，开车的，都有各自行驶的车道。还有一些像敬松老师这样的植物专家，像薛凤仙这样的小裁缝，忘了故乡的来路，把另一个地方当作自己的家乡。也有新来的人从中国的其他地方到达昭苏，或者到达他要离开家乡去远行的地方。他甚至不知道他要下落到哪里，去哪里能否找到工作，工作了后还会想念家乡吗，他们都不知道。在未知世界里是更多的芸芸众生弃土归城的脚步，而我们身后是荒芜的故乡。

有人说，乡村一定是跟泥土连在一起的，所以才叫乡土。

在响着冬不拉的昭苏毡房里，一年四季的草原因为居住着四代同堂、三代同堂的大家庭，家才有了幸福和回味的快乐。

二

本书自从定名《天马归来：生活在昭苏草原上的人们》后，像暗夜里骤然打过来的一束光，将我照亮，将我放置了五年的文字照亮。它们是十万匹天马，在我眼前飞过，一下子飞过了我的五十多年人生。天马插翅飞翔，飞到了它们的故乡，那也是我的故乡。

感谢中国财政经济出版社高进水副总编辑和潘飞编辑，把本书融入了“美丽的新疆我的家”系列丛书，让我自豪地不吝啬地书写我的大美新疆以及我的故乡。

感谢潘飞编辑，在2015年与我一起为《国境之西》行走新疆边防线后，再一次合作。

感谢好朋友张熳，让我在昭苏草原重新回到二十五年前的家乡。

感谢所有给予我善良与温暖的昭苏的父老乡亲，我家乡哈密、巴里坤的父老乡亲们。因为有你们，我才在该回家的时候回家。

感谢油画家张仁艳老师在昭苏的旅行中深入灵魂的艺术创作，为《天马归来：生活在昭苏草原上的人们》提供了许多内文图片。

感谢李文武老师倾情奉献了他在昭苏草原拍摄的美图，为《天马归来：生活在昭苏草原上的人们》增光添彩。

感谢所有我遇见的昭苏、哈密的父老乡亲，愿你们在故乡美丽的草原喝着奶茶、吃着馕饼、弹着冬不拉，几代同堂，享受幸福和快乐。

感谢我的外甥王旭，为《天马归来：生活在昭苏草原上的人们》图片后期制作黑白素描图。

感谢所有喜欢我文字的亲人、朋友、读者，愿你们都是“天马”，从该回家的地方飞来，犹如《天马归来》。

写于2018年春节，修改于2024年1月22日